신마협도

권용찬 신무협 장편 소설

ORIENTAL FANTASY STORY & ADVENTURE

6

dream
books
드림북스

신마협도 6
삼불혹(三不惑)

초판 1쇄 인쇄 / 2010년 4월 20일
초판 1쇄 발행 / 2010년 4월 30일

지은이 / 권용찬

발행인 / 오영배
편집장 / 김경인
편집 책임 / 권선혜
펴낸 곳 / (주)삼양출판사 · 드림북스

주소 / 서울특별시 강북구 미아8동 322-10호
대표 전화 / 02-980-2112 팩스 / 02-983-0660
편집부 전화 / 02-980-2116 팩스 / 02-983-8201
블로그 / blog.naver.com/dream_books

등록번호 / 제9-00046호
등록일자 / 1999년 3월 11일

ISBN 978-89-542-3666-9 04810
ISBN 978-89-542-3561-7 (세트)

신마협도

6 삼불혹(三不惑)

권용찬 신무협 장편 소설

ORIENTAL FANTASY STORY & ADVENTURE

신마협도

삼불혹(三不惑)

술과 여자와 재물에 대한 욕심은 정도에서 벗어나기 쉬우니
이에 빠지지 않아야 한다는 의미

목차

第二十四章

　현령의 장원을 뒤로하고 빠져나온 반악은 경공을 펼치며 빠르게 새벽 기운을 헤쳐 나간 끝에 산 밑자락에 당도했다.

　나무형이 절벽 아래로 몸을 던져 자살한 산이었다.

　마치 어제 아침을 다시 보는 것처럼 안개가 주변을 휘어 감고 있었다.

　잠시 산세를 살핀 반악은 천천히 걸음을 옮겨나갔다.

　헌데 그는 길이라 할 수 없는 지형을 따라 올라갔다. 꼭대기로 가는 것 같지도 않았다. 잠깐씩 걸음을 멈추고 오감을 곤두세우기도 했다.

　쏴아아아.

언제부터인가 자그맣게 들려오던 물소리가 확연하게 커지고, 반악은 하나의 폭포를 시작으로 형성된 계곡을 마주하고 섰다.

폭포는 높지도 않고 넓지도 않았다. 주변에 사람이 다녀간 흔적이 없는 걸 보면, 아마도 이 산에 폭포가 있는지 아는 사람은 극소수에 불과한 모양이었다.

반악은 박도를 빼들었다.

"네게 미안하구나."

임몽반과 그 무리를 죽이고 칼날을 제대로 털어주지 않아 진득한 피가 군데군데 묻어 있었다.

반악은 쪼그려 앉아 물속으로 박도를 집어넣었다. 도면을 닦는 손길을 따라 맑은 물이 붉게 물들었다 다시 맑아지기를 반복했다.

헌데 도면을 깨끗이 닦아냈음에도 핏물은 계속해서 물을 흐려놓았다.

피에 흠뻑 젖은 소매 때문이었다.

'꼴이 엉망이군.'

반악은 소매뿐만이 아니라, 옷과 머리카락 등이 온통 핏물로 물들어 있는 걸 보고 씁쓸하게 웃었다.

풍덩.

지체 없이 계곡 속에 뛰어든 반악은 한참 동안 물속에 몸을 담그고 있다가 일어섰다.

얼굴과 머리카락은 깨끗해졌으나, 옷에 묻은 핏물은 완전히 사라지지 않았다. 옷을 갈아입지 않은 이상은 흔적을 완전히 없애지 못할 것이었다.

'내 몸에선 혈흔이 사라질 날이 없구나.'

임몽반 등을 죽인 것에 대해서 후회하는 걸까?

아니었다. 단지 왜 그리도 분노하고, 잔혹해진 것인가에 대해 자문하고 있을 뿐이었다.

'세상엔 그런 모리배들이 가득하다는 걸 몰랐던 것도 아닌 것을……'

물론, 나무형의 죽음이 그에게 적지 않은 충격을 주었던 건 사실이었다.

하지만 임몽반과 그 무리를 죽일 때의 분노와 살기는 그가 상관모웅이나 상관미조, 홍문한에게 느끼고 있는 분노 이상이었다.

자신을 죽이려 획책하고, 실행하고, 거의 성공했던 자들에게 느끼는 분노보다 더욱 큰 분노를 느끼고 있다는 건 스스로조차 이해할 수 없는 일인 것이다.

'난 바보가 되어가고 있는 건가……'

세상의 냉혹함을 잘 알고 있었다.

수단과 방법이 무엇이든 힘을 가진 자들이 득세하고, 잘 살아가고 있는 세상이란 것을 너무나 잘 알고 있었다.

자신도 한때는 그런 자들 속에 섞여 있었고, 복수를 위해 반룡복고당과 강학청 등을 이용하고 있는 걸 감안하면 지금도 크게 다르지 않았다.

'석 무사를 만나고 내가 어떤 마음으로 살아야 한다는 걸 깨닫게 되었지만…….'

그렇다고 현실을 인정하지 않는 바보가 되고자 했던 건 아니었다.

이상과 고집만 가지고 살기에는 너무 불공평하고, 불합리한 세상임을 알고 있는 자신이 그 불공평과 불합리에 주체할 수 없는 분노를 느끼고 있다니.

모든 걸 위태롭게 만들 수도 있는 행동을 하다니.

'어떤 경우에는 이상과 고집이 필요하다는 걸 인정했기 때문인가?'

의와 협이란 결국 자신이 가진 이상을 고집스럽게 실천해 나가면서 생겨나는 관념이자 가치관이 아니던가.

석번장의 죽음을 목도한 이후 어느 사이엔가 그것들에 대한 믿음이 생겨 버린 것이다.

'그 믿음에 상처를 입었기 때문인가?'

분명 믿음이란 것이 반악의 마음에서 모양새를 잡아가고 있었다.

그런데 칼이 꽂혔다. 나무형의 죽음이라고 하는 날카로운 칼이.

'이 또한 자연히 생겨나는 마음의 이끌림이니 그냥 따라야

만 할까?'

솔직히 따라가자, 라는 확신이 없었다.

그 분노의 근원이 지난날 그가 가졌던 생각에서 크게 벗어 났기 때문이다.

나무형은 힘을 가졌던 때가 있었다. 그 힘으로 자신이 원하 는 가치를 추구할 수 있었다. 하지만 그 힘을 오래 유지하지 못하고 빼앗겼고, 결국 죽음을 선택하게 된 것이다.

그런데 상대적으로 임몽반은 적절히 자신의 힘을 사용하여 부와 권력을 축적했다.

원래라면 나무형을 어리석다 여기며 외면하고, 임몽반을 기 껍다고 생각해야만 하는 것이다.

그런데 나무형에겐 안타까움을, 임몽반에게는 분노가 극에 달해서 잔혹마 시절에서조차 한 적이 없던 잔혹한 방법으로 죽였다.

'모르겠다. 하지만……'

후회하지 않는다.

그것이면 되는 게 아닌가.

온몸이 피로 물들고, 세상 사람들이 그를 향해 손가락질하 더라도 스스로 당당하면 되는 게 아닌가.

남들은 어리석고, 바보 같다고 하더라도 스스로 만족감을 느끼면 충분한 게 아니던가.

반악은 박도를 눈앞에 들었다.

석번장을 통해 그러했듯이 박도를 보고 흔들리려는 마음을
다잡기 위해서였다.

반악의 눈살이 살짝 찌푸려졌다.

"언제 이리도 많은 상처를 입은 거냐?"

탄탄함밖에 내세울 것이 없는 박도였는데, 이가 빠져 있고
곳곳에 균열이 가득했다.

석번장이 가지고 다닐 때부터 이미 상태가 좋지 않았던 것
이, 지난번 고변책의 자폭공을 막기 위해 막대한 공력을 응집
시키면서 강도에 적지 않은 타격을 입었던 것이다.

반악은 계곡에서 빠져나와 대장간을 찾아가기 위해 산 아래
로 걸음을 내딛었다.

                    *   *   *

곧바로 대장간에 가려고 했던 반악은 생각을 바꾸고 객잔으
로 방향을 틀었다.

너무 이른 시간이기도 했지만, 곳곳에 혈흔이 남아 있는 옷
을 입은 채 마을을 돌아다니면 사람들은 물론이요, 현령 등의
죽음으로 예민해져 있을 포쾌들의 이목을 끌 것이 분명하기
때문이다.

사람들의 시선을 피해 골목만을 골라 객잔 근처에 당도한
반악은 벽을 타고 창문에 도달했다.

'누구지?'

아무도 없어야 할 방 안에 한 사람의 존재감이 느껴졌다.

반악은 견일이 자신을 기다리고 있었나, 하고 생각하며 창문을 열고 안으로 들어갔다.

"어디 있다 이제야 나타난 거예요?"

뜬눈으로 밤을 새며 방을 지키고 있었던 묵담향이 의자에서 일어나 화난 음성으로 물었다.

반악은 기분이 묘했다.

여인이 방에서 그를 기다리고 있다는 것도, 화난 음성과 달리 얼굴에 살짝 걱정스러워하는 표정이 지어졌다는 것도, 무엇보다 그 여인이 묵담향이라는 게 남다른 느낌을 주었던 것이다.

"일이 있었소."

"반 소협은 지금 무위에 무슨 일이 일어난……"

묵담향은 말을 하다 말고 반악의 옷을 빤히 쳐다보았다.

옷에 남아 있는 피의 흔적을 보고 있는 것이다.

그녀의 얼굴은 딱딱하게 굳어졌다.

"반 소협이 한 일이군요."

"……."

"현령을 비롯해 많은 사람이 죽었어요. 사람들의 말로는 화재 때문이라고 하지만, 포쾌들이 매서운 눈빛을 한 채 돌아다니는 걸 보고 사실이 아니라는 걸 알았어요."

"……."

"왜 그랬나요?"

반악은 기분이 나빠졌다.

그도 명확한 이유를 알기 위해 방금 전까지 고심을 하지 않았던가.

그런데 후회 없는 행동이었다고 자위하며 어느 정도 마음을 다잡았는데 다른 사람에게 추궁을 받고 있다니.

설사 추궁하는 사람이 그가 호감을 갖고 있는 묵담향이라고 해도 기분이 나쁜 것은 어쩔 수가 없는 것이다.

"그자들이 마음에 들지 않았소."

"마음에 들지 않는다고 사람을 마구 죽여요?"

"그럼 사람을 죽이는 데 다른 이유가 있소?"

묵담향은 말문이 막혔다.

따지고 보면 반악의 말이 맞았다. 몇몇 우발적인 경우와 의도하지 않은 상황을 제외하면 결국 사람이 싫었기 때문에 죽이는 것이리라.

하지만 그렇다고 해도 이유는 필요했다. 목표에 이르기 전에 반드시 과정이 필요하듯, 사람을 죽이는 데도 크고 작든 간에 이유가 필요한 것이다.

이유도 없이 사람을 죽인다면 광기에 빠진 살인마에 불과하지 않겠는가.

"반 소협에게는 분명 다른 이유가 있을 거예요."

오래 알지는 않았지만 묵담향이 볼 때 반악은 함부로 살인을 하는 사람이 아니었다.

려강에서 못된 짓만 일삼던 진이청을 죽인 일을 비롯해서, 최소한 그녀가 지금껏 보아왔던 반악은 이유 없이 사람을 죽일 사람이 아니었다.

하지만 반악의 대답은 그녀를 실망시켰다.

"다른 이유는 없소. 그냥 내 기분에 따라 한 일이오."

반악은 묵담향을 외면하고 침상 쪽으로 돌아섰다.

"정말인가요? 진심으로 하는 말인가요?"

"……."

반악은 대꾸하지 않았다.

그는 나무형과 얽힌 이야기를 하고 싶지 않았다. 하다보면 결국 그가 품고 있는 생각과 감정과 고민들도 털어놔야 할 테니까.

그건 자신답지 않은 약한 모습이고 결코 남에게 보여주고 싶지 않은, 묵담향에게는 더더욱 보이기 싫은 모습이기 때문이었다.

묵담향은 짐에서 옷을 꺼내는 반악의 뒷모습을 뚫어질 듯 쳐다보다가 물었다.

"좋아요. 그냥 기분에 따라 그들을 죽였다는 말을 믿죠. 하지만 관리를 죽이게 되면 우리 모두가 위험해질 거라는 생각은 하지 않았나요? 화재 현장에서 사람들을 돕지 않은 것도 이곳에 온 목적 때문에 함부로 행동할 수 없기 때문이라고 그랬죠? 그런데 지금은 그때와 뭐가 다른 건가요? 이번에는 위험을 자초할 만큼 반 소협의 기분이 중요했던 건가요?"

"……."

"잘못하면 혈맹파의 일도 드러날 수가 있어요. 관에서 이일을 끝까지 조사하겠다고 작정을 하면, 우리뿐만이 아니라 려강에 있는 당원들에게까지 영향이 미치게 될 수 있단 말이에요."

반악은 묵담향이 있다는 것도 개의치 않고 상의를 벗었다.

그리고 물었다.

"내게 사과라도 하라는 거요?"

"사과를 바라는 게 아니에요. 반 소협은 자처해서 이곳에 왔어요. 지금껏 이성적으로 잘 해왔는데, 왜 갑자기 무책임하게 행동했는지 이해할 수가 없어서 그래요."

"난 묵 소저가 생각하는 그런 사람이 아니오."

"내가 생각하는 사람이 아니면, 반 소협은 어떤 사람인가요?"

반악은 물음에 대답하지 않았다.

대신 옷을 갈아입어야 하니 나가달라고 말했다. 하지만 묵담향은 쉽게 포기하지 않았다.

"대답을 듣기 전에는 나가지 않겠어요."

반악은 짜증이 났다.

이런 대화 자체가 마음에 들지 않았다.

왜 자신의 행동과 생각과 가치관을 설명하고, 이해시켜야만 한단 말인가.

"난 내 마음이 내키는 대로 하는 사람이오. 좋고 나쁘고 옳고 그르다고 하는 남들의 평가 따위는 상관없소. 내가 해야만 한다면 이유 같은 건 필요하지 않은 거요. 난 그런 사람이오."

"그럼 반룡복고당에 입당한 것도 그런가요? 우리가 거룡방과 싸우려는 이유는 반 소협에게 조금도 중요하지 않은 건가요?"

반악은 코웃음을 쳤다.

"난 반룡복고당을 위해 싸우려고 입당한 게 아니오. 나 자신의 싸움을 위해 입당한 거요."

"그 말은 반 소협이 반룡복고당을 이용하고 있다는 말로 들리는군요."

반악의 얼굴이 굳어졌다.

아니라고 말해야 할까?

자신 역시 반룡복고당의 의지와 원한에 동감하며, 그래서 그 한축이 되어 싸우고자 입당한 거라고 말해야 할까?

자신을 감추기 위해서는 그래야 했다. 하지만 지금은 그렇게 자신을 속이고 싶지 않았다.

"부정하진 않겠소."

묵담향의 얼굴이 더 그럴 수 없을 만큼 차갑게 굳어졌다.

그녀는 단호하게 말했다.

"그럼 탈당하세요. 분명 반 소협의 능력은 우리 당에 큰 도움이 되고 그래서 입당을 권유한 것이지만, 아무래도 우리와는 뜻이 다른 것처럼 보이네요."

반악은 잠시 묵담향을 빤히 쳐다봤다.

그리고 말했다.

"싫소."

"왜죠? 반 소협의 능력이면 굳이 입당하지 않아도 되지 않나요? 차라리 따로 무리를 모으세요. 그럼 반 소협의 방식대로, 원하는 대로 할 수 있잖아요."

"그건 중요하지 않소."

"그럼 뭐가 중요한가요?"

"내가 뭘 해야 할지는 나 스스로가 결정하는 거요. 묵 소저가 나가란다고 나갈 생각은 없소. 설사 탈당을 한다고 하더라도 시기는 내가 정하는 거요. 내가 입당한 게 묵 소저의 권유 때문이라고 생각하는 모양인데, 분명히 말하지만 그건 대단히 큰 착각이오."

"……"

"난 반룡복고당에 도움을 얻고자 들어간 게 아니오. 그저 목적이 같아서일 뿐, 그 이상도 그 이하의 의미도 없소."

"당신은……."

묵담향은 입술을 물고 고개를 숙였다.

그녀는 흥분된 감정을 억누르려는지 한동안 말을 않고 바닥만 내려다보았다.

그리고 착 가라앉은 음성으로 말했다.

"당신은 내가 생각하는 사람이 아니었군요. 정말 실망했어요."

고개를 들고 쳐다보는 묵담향의 눈빛은 차가웠다.

반악은 가슴이 아릿해지는 느낌을 받았다. 단순히 묵담향의 눈빛이 차가워서가 아니었다. 차가움 속에 슬픔이 묻어났기 때문이었다.

그는 이러한 시선을 한 번도 받아본 적이 없었기에 당혹감을 느낄 수밖에 없었다.

"난 이제부터 반 소협의 일에 상관하지 않겠어요."

묵담향은 객방을 나갔고, 반악은 한참동안 그녀가 나간 문을 노려보았다.

'실망?'

기대가 없다면 실망도 없다고 했다.

하지만 묵담향이 어떤 기대를 하고 있었다는 건지 반악은 짐작도 할 수가 없었다.

절강에서 배희가 그러했듯 같은 편이니 조건 없이 도와주길 원했던 그러한 종류의 기대일까?

아니면 조금도 이득을 따지지 않는 자기희생적인 사람이길 기대한 것일까?

하지만 자신은 그런 사람이 아니질 않은가.

어느 쪽에도 해당되는 사람이 아니었다.

'그런 사람이 되고 싶지도 않다.'

반악은 차라리 잘 되었다고 생각했다.

그런 기대 따위 받고 싶지도 않다고 말이다.

하지만 이 더러운 기분은 어찌 설명해야 할까?

'쓸데없는 생각이다.'

반악은 생각하기를 멈췄다.

그리고 옷을 갈아입고 객방을 나섰다.

*   *   *

일층에 내려가자 묵담향과 공추걸, 그리고 견일 등이 있었다.

헌데 묵담향과 공추걸은 각자의 짐을 챙겨 들고 있었다.

공추걸이 그를 보고 반색하며 다가와 주위 사람들을 의식한 듯 자그만 목소리로 말했다.

"묵 소저가 지금 당장 려강으로 돌아가자고 합니다. 현령이 죽고 나서 무위의 분위기가 심상치 않아요. 더 지체했다가는 의심을 살 수도 있으니, 반 소협도 얼른 준비하십시오."

반악은 주인과 계산을 치르고 있는 묵담향을 쳐다봤다.

그녀는 시선을 받고도 고개조차 돌리지 않았다.

"난 여기서 며칠 더 머무를 거요."

"왜요?"

공추걸은 이해할 수 없었다.

탐문하려고 왔던 처음의 목적대로 된 것은 아니지만, 혈맹파를 거의 괴멸시켰으니 어찌되었든 일은 마무리된 것이 아닌가.

더 이상 무위에 남아 있을 이유가 없는 것이다.

하지만 반악은 부연 설명을 하지 않고 묵담향을 지나쳐 객잔 입구로 걸어갔다. 견일 등도 얼른 그의 뒤를 따랐다.

공추걸은 왜 저래, 하는 표정을 하고 있다가 급히 뒤따라 나오며 물었다.

"강 당두님에게는 뭐라고 이야기합니까?"

"아무 말도 할 필요 없소."

반악은 마차에 숨겨두었던 무기를 챙긴 견일 등과 객잔 밖으로 사라졌고, 시종 아무 말도 않고 있던 묵담향과 공추걸은 곧 마차를 타고 려강으로 떠났다.

*   *   *

혈맹파의 장원.

염서성은 어리둥절한 얼굴로 정문을 바라보았다.

"뭐야, 이거?"

문은 활짝 열려 있고, 지키는 조직원은 아무도 없었다.

이권을 노리고 덤벼드는 자들을 감안하여, 늘 주변을 단단히 방비해야만 하는 혈맹파에서는 절대 있을 수 없는 광경인 것이다.

그리고 한 번도 이런 일이 없었기 때문에 염서성은 불길함을 느끼며 안으로 들어갔다.

"……!"

염서성의 얼굴은 안으로 들어갈수록 일그러져갔다.

난장판.

장원의 내부를 한 마디로 정의한다면 이 말이 가장 어울릴 것이다.

각 건물의 창문과 문은 제대로 성한 것이 없고, 여기저기 병장기들과 잡스런 물건들이 널브러져 있었다.

가장 눈에 띄는 것은 핏자국이었다. 싸움이 일어났다는 걸 증명하듯 곳곳에 얼룩과 같은 거뭇한 핏자국들이 새겨져 있었던 것이다.

시체가 하나도 보이지 않는 게 신기할 지경이었다.

'공격을 받기라도 한 건가?'

가능성은 충분했다.

그러나 진실은 직접 들어보기 전에는 알 수가 없는 일.

염서성은 조금 더 빠르게 안쪽으로 걸어갔다. 장원의 모습이 이 지경이 되었다면, 양부의 처지도 좋지는 않으리라.

그런데 양부의 거처 앞에 당도한 염서성은 예상도 못한 광경을 보게 되었다.

각기 열 명 정도의 무리가 살벌한 분위기를 조성하며 대치하고 있었는데, 이상한 건 그들 대부분이 혈맹파의 조직원들이라는 점이었다.

각 무리의 앞에는 한 명씩 나와서 서로를 향해 고성과 욕지거리를 내뱉고 있었는데, 그들이 이 대치의 주동자들인 게 확실했다.

"그만 포기하고 내 밑으로 들어와!"

"무슨 개소리야! 너야말로 죽고 싶지 않으면 내 앞에 꿇어!"

"아, 새끼! 그렇게 당하고도 정신을 못 차렸네!"

"당하긴 뭘 당해! 네 꼬락서니는 생각도 않고 아가리를 나불거리는 거냐!"

"씨발놈이, 은혜도 모르고! 내가 아니었으면 넌 진작 칼침 맞고 죽었어!"

"염병할 새끼가! 아까 네놈의 등을 찌르려던 놈을 내가 막아 준 건 기억도 못하냐!"

염서성은 계속 듣고 있을 수가 없었다.

"이게 뭐하는 짓거리들이야!"

"소, 소두목님!"

조직원들의 첫 반응은 당혹감이었다.

마치 그가 살아 있다는 게, 그리고 자신들의 눈앞에 멀쩡히 나타났다는 게 믿기지 않는다는 표정들이었다.

하지만 그들은 곧 우르르 몰려와 걱정했다느니, 사방을 찾아다녔다느니, 도대체 어디 갔다 이제야 나타났느냐고 반색을 하며 시끌시끌하게 떠들어댔다.

'속 보이는 새끼들.'

"모두 입 다물고, 자초지종이나 이야기해 봐!"

"아, 예. 그러니까……."

방금 전의 대치를 주도했던 자 중 하나가 나섰다.

그는 웬 칼잡이가 난데없이 나타나 소란을 일으키고, 호위 조직원들을 비롯한 많은 사람이 죽고, 알고 보니 조장들도 모두 피습당해 죽었고, 보고를 올리려고 이곳으로 와보니 두목까지 죽어 있었던 상황을 설명했다.

"아버님이 돌아가셨다고?"

염서성의 얼굴엔 슬픔 같은 우울한 표정은 없었다.

단지 염노팽답지 않게 너무 쉽게 죽어 의외라는 정도의 표정만 있을 뿐이었다. 혈연관계이고 양아들이기는 하지만 정이 깊지 않다는 의미일 것이다.

"예, 소두목님. 도대체 어떤 놈들의 짓인지도 모르게 당하셨습니다."

염서성은 얼굴을 찌푸렸다.

사실 그는 짐작되는 자가 있었던 것이다.

'그때 몰래 들어왔던 그놈의 짓이 분명해.'

천으로 가리고 있어 얼굴은 모르지만, 무공이 엄청나게 강해서 쫓아갔다가 도리어 자신을 도망치게 만들었던 그놈.

염서성은 이 모든 일에 반악이 개입되어 있다 생각했다.

물론, 당사자에게 직접 듣기 전에는 확신할 문제는 아니었지만, 일이 일어난 시점이 너무 시기적절하지 않은가.

"아버님의 시신은?"

"따로 장례를 치를 시간이 없어서 다른 시신들과 함께 화장을 하고 안에 위패를 모셔두었습니다."

"그런데 조금 전엔 왜 싸우고 있던 거야?"

"아, 그것이…… 두목님하고 조장님들하고 모두 당했다는 소문이 퍼지자, 우리에게 패하고 그동안 몸을 사리고 있던 놈들이 힘을 합해 한꺼번에 쳐들어왔지 뭡니까요. 그래서 간신히 놈들을 막아냈는데……."

그 뒷말은 염서성의 시선을 회피하며 말하기를 꺼려했다.

염서성은 한숨을 내쉬었다. 계속 듣지 않아도 대충 어떤 상황이었는지 짐작이 되었기 때문이다.

'일단 싸움이 끝나자 명령 체계에 문제가 생겼겠지. 윗대가리들이 다 죽었으니 이제 누구든 두목이 될 수 있다는 걸 깨닫게 된 거고…….'

결국 가장 힘이 세고 욕심이 많고 나름 영향력도 있는 두 조직원이 두목이 되기 위해서 각자 어울리던 조직원들을 모아 무리를 만들었고 싸움판을 벌인 것이다.

'이 바닥에서야 이상할 것도 없지.'

아니, 어떤 곳이던 사람들이 모여 있는 곳이라면 모두 똑같지 않겠는가.

그래서 염서성은 조직원들을 탓하지 않기로 했다. 무엇보다 지금은 혈맹파를 이 지경으로 만든 흉수들을 찾는 게 우선이었으니까.

염서성은 우선 조직원들을 매서운 시선으로 둘러보고 입을 열었다.

"조금 전까지의 상황은 모두 잊어라. 나 역시 따지지 않겠다. 이제부터 우린 혈맹파의 조직원이고, 형제들이란 것만 생각해라. 알겠냐!"

"예, 소두목님!"

"좋아, 모두 나가서 우릴 이 꼴로 만든 놈들을 찾아. 분명 정체를 숨기고 있을 테니까, 조금이라도 이상한 점이 있는지를 꼼꼼하게 살펴. 모두 나가봐."

"예, 소두목님!"

조직원들은 힘차게 대답하고 우르르 장원을 빠져나갔다.

'신기할 정도로 건방지게 구는 놈이 없군.'

사실 그런 자가 하나쯤은 있길 바랐었다.

염서성은 만약 두목과 조장들이 죽은 것을 기회로 권위에 도전하려는 자가 있다면, 아주 작살을 내서 기선을 제압하려고 했던 것이다.

'그건 그렇고, 그 빌어먹을 새끼가 내가 없는 사이에 뒤통수를 치다니.'

자신은 반악과의 싸움을 준비하기 위해 인적 없는 곳을 찾아가 심신을 가다듬고 있었는데, 이런 식으로 득달같이 쳐들어와 혈맹파를 풍비박산낼 줄 어찌 알았겠는가.

'혹시 나한테 들켜서 급하게 일을 진행한 걸지도 모르겠군.'

만약 그렇다면 죽은 양부나 조장들에게 미안한 일이었다.

염서성은 안으로 들어가 양부의 위패 앞에 섰다.

사실 염서성은 양부의 죽음이 크게 슬프지 않았다.

두 아들이 죽으면서 생겨난 빈자리를 채우기 위해서 그를 데려왔고, 몇 년 있지 않아서 사부인 금노를 쫓아 무위를 떠나 버렸기에 부자간의 정을 쌓을 만한 시간과 기회도 거의 없었다.

실상 먹여 살릴 자식이 많다는 이유로 미련 없이 그를 내준 부모와 두 아들이 죽고 후계자 문제로 반심을 품는 수하들이 생길까 염려하여 그를 양아들로 삼은 양부보다는, 칠 년 동안 그를 데리고 다니며 세상을 보여주고 무공을 가르쳐 준 사부에게 더욱 큰 정을 느꼈다.

그래서 양부의 위패를 보고 있는 지금의 심정을 굳이 표현하자면 천수를 누리지 못하고 돌아가신 것이 애석합니다, 정도에 불과했다.

"하지만 아버님이 절 무위에 데려왔기에 사부님을 만나게 된 것이니, 이 또한 은혜라 해야겠지요. 놈을 때려눕히는 것으로 절 이곳으로 데려와 주신 은혜에 보답하겠습니다."

염서성은 위패에 두 번 절을 하고 밖으로 나왔다.

*   *   *

염서성의 명령을 받고 밖으로 나간 지 한 시진 정도가 지난 뒤부디 조직원들이 속속 돌아와 이것저것 소소한 보고를 하기 시작했다.

그러나 두 가지만 염서성의 관심을 끌었을 뿐, 대부분은 쓸데없고 무시해도 될 만한 내용들뿐이었다.

"지난번 화재가 일어났을 때쯤에 객잔에 투숙한 자들이 오늘 아침 급하게 떠났단 말이지?"

"부부로 보이는 남녀는 마차를 타고 떠났고, 주종 관계로 보이는 네 명의 사내는 아직 방을 빼지 않았답니다."

"그럼, 대장간에 박도를 맡기고 갔다는 네 명이 그 네 명의 사내일 수도 있겠군."

"아무래도 그럴 가능성이 높은 것 같습니다. 네 놈 모두 얼굴이 반반하다는 공통점이 있었습니다. 게다가 대장간 주인의 말로는 박도를 맡긴 놈 말고 밖에서 기다리고 있던 다른 세 놈 중 두 놈이 등에 무기를 메고 있었다고 합니다. 천으로 감싸고 있어서 정확히 어떤 무기인지는 모르지만, 확실히 무기처럼 보였다고 했습니다."

"그래? 아, 기루에서 소란을 피우다가 계 조장을 죽이고 사라진 놈도 얼굴이 반반한 놈이었다고 했지?"

"그놈도 처음 기루에 나타났을 때는 혼자가 아니었답니다. 두 명의 일행이 더 있었는데, 세 놈 모두 얼굴이 반반했답니다."

염서성은 수하가 알아온 정보를 곱씹어보았다.

'확실히 그놈들이 의심스럽군. 그럼 이제 어쩐다. 대장장이가 병기를 다루는 게 익숙하지 않아 족히 이틀은 넘게 걸린다고 했는데도 상관없다고 했다는 걸 보면, 금방 떠날 것 같지는 않고. 가만, 나하고 붙었던 놈은 무기가 없었는데?'

처음 나무 몽둥이로 대응하긴 했지만, 지니고 있던 무기는 아무것도 없었던 것이다.

'원래는 도를 쓰는 놈인데, 정탐을 하겠다고 두고 왔었던 모양이군. 그리고 내 실력을 알고도 나무 몽둥이를 버리고 맨손으로 붙으려 했던 걸 보면 칼이 필요 없을 만큼 권법이나 각법도 뛰어난 거고. 게다가 내 수법만 보고 사부님을 거론했을 정도면…….'

경험과 식견에 있어서도 무시할 수 없는 수준이라고 받아들여야 할 것이다.

갑자기 골치가 아파왔다.

생각을 정리하면 반악은 그의 생각보다 더욱 강한 고수라는 결론이 나오기 때문이다.

'젠장, 벌써부터 기가 죽을 필요가 뭐 있냐. 제대로 붙어보면 알게 되겠지.'

"너는 남녀가 타고 갔다는 마차를 추적하고, 너는 객잔을, 너는 대장간 주변을 감시해. 그리고 나머지는 티가 나지 않게 마을을 돌아다니며 놈들의 종적을 찾아. 만약 놈들이 발견되면 섣부르게 덤벼들지 말고 날 불러. 알았냐?"

"예, 소두목님."

조직원들은 다시 밖으로 나갔고, 염서성도 뒤이어 장원을 나섰다.

그는 반악을 뒤쫓다가 한 번 손속을 겨루었던, 그가 일방적으로 다시 만나자고 정한 그곳에서 기다리고 있을 생각인 것이다.

*　　　*　　　*

대장간에 박도를 맡긴 반악은 곧장 산으로 갔다.

그리고 꼭대기까지 올라가 나무형이 몸을 던져 자결한, 무위를 한눈에 내려다볼 수 있는 위치에 자리를 잡고 앉았다.

묵묵히 반악의 뒤를 따라 산에 올랐던 견일 등은 멀뚱히 그 모습을 지켜보고 있다가, 한참이 흘러도 반악이 꼼짝을 하지 않자 견일이 대표로 물었다.

"주인님, 언제까지 여기 계실 건가요?"

"삼 일."

견일 등은 얼굴을 찌푸렸다.

반악이 농담이나 허튼 소리를 할 사람이 아니니, 진짜 삼 일 동안 여기에 있을 거란 뜻이기 때문이었다.

'그냥 기분 전환 겸 등산이나 하는 줄 알았더니, 작정을 하고 올라왔구나.'

물론, 왜 하필 이곳에서 삼 일 동안이나 있어야 하는지는 알수 없었다.

문제는 자신들은 이곳에 있기 싫다는 것이었다. 일단 숙식을 해결할 방법이 없지 않은가. 사냥을 하거나, 나뭇잎을 덮고 잘 수도 있겠지만, 내려가기만 하면 편하게 먹고 잘 수 있는 객잔이 있는데 사서 고생을 하고 싶지는 않았다.

허나, 자신들만 내려간다고 할 수는 없었다. 무슨 연유인지는 모르지만 아까부터 틀어져 있는 반악의 기분이 잘못하면 자신들에게 향할 수도 있었으니까.

'어쩌지?'

이러지도 저러지도 못하는 매우 난처한 처지에 놓이게 된 견일 등은 방안을 강구하고자 서로 눈빛을 교환했다.

그때 반악이 물었다.

"초식은 완성했냐?"

"아직……."

"삼 일째 되는 날 확인하겠다."

"……!"

즉, 그때 확인해서 못하면 다른 초식은 물론이고, 앞으로는 무공도 가르쳐 주지 않겠다는 뜻이 아닌가.

어쩌면 그 이상의 불이익을 당할 수도 있었다.

'삼 일 만에 어찌 완성하지?'

견일 등은 난감한 표정을 지었다.

다른 두 사람보다 무공 수련과 강해지는 걸 좋아하는 견이조차 자신이 없다는 얼굴이었다.

그런데 반악이 그들을 다그치는 결정적 한 마디를 던졌다.

"먹지도 자지도 말고 수련해."

말 그대로 죽기 살기로 초식을 완성하라는 뜻이었다.

견일 등이 대답할 말은 한 가지뿐이었다.

"존명!"

견일 등은 산속에서 각자에 맞는 수련장을 찾기 위해 서둘러 사방으로 흩어졌다.

혼자 남게 된 반악은 일어났다.

산 아래 펼쳐진 무위의 전경이 시선 안에 가득히 들어왔다.

그는 혼잣말처럼 말했다.

"하나도 달라진 게 없소."

누구에게 이야기하는 걸까?

"당신은 저 세상이 달라지길 바라고 자살한 거요?"

나무형에게 하는 이야기인가?

"아니면 내가 보고 있지 않은, 볼 수가 없는 뭔가가 지금 변해 가고 있는 거요?"

반악은 죽은 나무형 뿐만이 아니라, 자신에게도 묻고 있었다.

의인의 죽음은 세상에 어떤 변화를 가져오는가.

한 사람의 죽음으로 세상은 변화할 수 있는 것인가.

그 변화를 느끼지 못하고, 볼 수 없는 자신은 어떤 사람인 건가.

"모르겠소. 아무리 생각해도 당신의 죽음을 이해할 수 없는 걸 보면, 난 아직도 너무 많이 삐뚤어져 있는 사람인 모양이오. 그렇지 않소?"

대답을 들을 수 없는 물음이었다.

"석 무사는 내게 박도를 남겼는데, 나 대인은 내게 무엇을 남기고 갔는지 알 수가 없소. 뭔가 남기긴 한 거요?"

지금껏 중얼거렸던 모든 물음들처럼 해답이 없는 질문이었다.

반악은 스스로가 바보 같다는 생각이 들어 쓴웃음을 지었다.

한 줄기 바람이 절벽 아래에서 솟구쳐 올랐다. 마치 눈에 보이는 무언가를 남기길 바라는 그를 질책하는 듯 매섭게 불어와 머리카락을 펄럭였다.

반악은 박도를 대장간에 맡겨두고 대신 챙겨온 칼을 꺼내들었다.

그리고 휘둘렀다.

스악—

순간 바람이 둘로 갈라져 버린 듯 멈췄다.

"……."

반악은 칼을 쳐다봤다.

그리고 다시 아래에서 불어오는 바람을 느끼고 조금 더 집중하여 휘둘렀다.

불어오던 바람이 또다시 갑작스럽게 멈췄다.

정말로 바람을 갈라 버린 걸까?

'기분이 나쁘지 않군.'

마음이 후련해졌다.

우울했던 기분을 잘라내 버리는 듯한 느낌이라고나 할까.

그래서 다시 칼을 휘둘렀다. 처음엔 바람이 불 때마다, 그리고 나중에는 바람이 불지 않아도 휘둘렀다.

칼은 좌우상하를 베고, 긋고, 찔러갔다. 그리고 그 움직임을 따라 반악의 몸도 움직이기 시작했다.

좌로 우로 뒤로 앞으로, 때론 펄쩍 뛰어오르기도 하고 잔뜩 몸을 웅크리기도 했다.

빠르게, 격하게, 느리게, 어쩔 때는 음악소리에 맞춘 듯 박

자가 느껴졌고, 부드럽게 선을 만들다가 거칠게 이지러지기도
했다.

검무.

칼을 휘두르는 반악의 움직임은 춤과 같았다.

한식경, 두 시진, 그리고 반나절.

시간이 아무리 지나도 반악은 멈출 생각을 하지 않았다.

마치 한을 풀어내듯 액운을 떨쳐내듯 그가 만들어내는 갖가
지 몸짓은 꼭대기를 가득 채우며 사방을 향해 세차면서도 부
드러운 기운을 흩뿌렸다.

반악은 그렇게 하루 밤낮을 칼춤을 추며 보내고 잠시 멈췄
다가, 다시 기력이 차면 또 칼춤을 추고, 잠시 멈췄다가 다시
추기를 반복하며 시간을 흘려보내고 또 흘려보냈다.

                    *   *   *

『드디어 끝난 걸까?』

견삼은 마른침을 삼키며 그의 옆에 멍하니 서 있는 견일과
견이에게 물었다.

하지만 그들이라고 알 리가 없었다.

반악의 칼춤은 벌써 삼 일 째 계속 이어져왔고, 중간 중간
동작을 멈추고 석상처럼 되었다가 다시 시작되기를 반복하고
있었으니까.

지금도 돌처럼 굳어서 눈을 감고 꼼짝도 하지 않고 있지만, 언제 또 칼춤을 출지 모르는 것이다.

하지만 세 사람은 내심 다시 시작되기를 바라고 있었다.

왜?

'이렇게 엄청난 칼춤을 이번이 아니면 다시 볼 기회가 없을 거 같다.'

처음 반악을 보았을 때 칼에서는 그저 날카롭고 묵직한 바람이 일어나는 정도였다.

두 번째 보았을 때는 새하얀 강기가 칼끝에서 뿜어져 나왔다. 그리고 반시진 전 보았을 때는 석 장 안으로 다가갈 수 없을 만큼 엄청난 위력이 나타났다.

무형강기.

반시진 전 반악이 칼춤을 추며 뿜어내던 기운은 눈에 보이는 게 아니었다.

하지만 몸이 느꼈다. 막대한 기운이 반악을 중심으로 뿜어져 나와 주변을 넘실거리고 있다는 걸 분명히 느낄 수 있었다. 만약 가까이 다가가면 그대로 살이 터지고, 뼈가 부러지고, 몸이 납작하게 눌려 버리고 말 것 같았던 것이다.

'주인님이 엄청나게 강하다는 건 알았지만, 지금은 그 이상이다. 조금 전의 그 칼춤이 도대체 어느 정도의 수준인지 가늠할 수도 없어.'

견일 등은 그래서 다시 한 번 보길 바라고 있었다.

그들이 지금껏 한 번도 보지 못했던 경지를 눈과 마음에 확실히 새기기 위해서.

하지만 반악은 그들의 염원대로 움직여주지 않았다.

그는 반각 전부터 눈을 감은 채로 꼼짝도 하지 않고, 진짜 석상이라도 될 것처럼 미동도 하지 않고 있는 것이다.

허나, 견일 등은 내막을 모르고 있었다. 설사 반악이 다시 할 마음이 있다고 해도 지금은 할 수가 없다는 것을.

'내가 뭘 하고 있었던 거지?'

반악은 문득 정신을 차리고 반각 동안 자신에게 계속 같은 물음을 던지고 있었다.

마음이 동해 바람을 베어 버렸고, 흥이 생겨 몸을 움직였다. 그리고 밤과 낮을 잊고 계속 칼춤을 추었던 것이다.

칼의 위력이 달라지고 있던 것도 알고 있었다. 하지만 칼을 휘두르는 동안은 그게 전혀 중요하게 느껴지지 않았다. 그저 기력이 다할 때까지 휘두르고, 잠시 쉴 때도 다시 휘두르고 싶어서 운공하며 기력을 회복하는 데만 집중했다.

배가 고팠지만 먹을 생각이 들지 않았고, 졸음이 왔지만 머릿속은 명료했고, 땀이 더 나지 않을 만큼 많이 움직였지만 계속 움직이고만 싶었다.

그는 순수하게 칼춤을 즐기고 있었다.

그런데 반각 전 퍼뜩 정신을 차리고부터 더 이상은 할 수가 없었다. 흐름이 머리에 떠오르지 않으니 칼을 휘두를 수도, 몸을 움직일 수도 없었다.

처음에 그러했던 것처럼 그냥 휘둘러볼까, 하고 생각했지만 이상하게도 그럴 마음조차 생기질 않는 것이다.

'그때와 비슷한 느낌이군.'

광존 화임손에게 발목이 잡혀 농사일을 하던 어느 날 밤, 박도를 휘두르고 느꼈던 기분하고 유사했다.

그때도 뭔가 엄청나고, 놀라운 걸 해내고 새로운 경지에 들어선 것 같았지만, 막상 정신을 차리고 펼쳐내려고 하자 머릿속이 텅 비어져서 아무것도 하지 못했으니까.

그리고 그때처럼 지금도 기분이 나쁘지 않았다. 마음이 차분하게 가라앉고, 여유로웠다.

나무형의 죽음으로 우울했던 마음까지 씻은 듯이 사라진 듯했다.

'고민할 필요 없다.'

첫 번째와 두 번째가 있었다면 세 번째도 있지 않겠는가.

이때까지 그러했던 것처럼 계속 노력하면 결국 얻게 되리란 걸 알고 있는 것이다.

눈을 뜬 반악은 멀찍이 떨어져서 숨죽인 채 그를 보고 있던 견일 등을 향해 말했다.

"너희들의 능력을 증명할 준비가 됐냐?"

견일 등은 깜짝 놀라 저도 모르게 뒤로 한 걸음씩 물러났다.

'달라졌다.'

순간적이긴 했지만, 그들을 향했던 반악의 눈빛은 이전보다 더욱 강렬하고, 날카로웠다.

단번에 그들의 모든 걸 꿰뚫어 버릴 듯했던 것이다.

"왜 대답이 없어?"

다시 본래의 차분하면서도, 냉정한 눈빛으로 돌아온 반악이 눈살을 찌푸리며 다시 묻자 견일 등은 얼른 고개를 끄덕였다.

"준비됐습니다, 주인님!"

*   *   *

사시(巳時; 오전 9~11시) 말.

염서성은 허름한 구조의 상점들이 중구난방으로 자리 잡고 있는 곳 중간에서 장사를 하는 가판 한 쪽에 앉아 있었다.

'젠장, 이 인간 때문에 장사도 안 되고 미치겠네.'

가판 주인은 내심 염서성을 욕하고 있었다.

그는 소면과 만두를 팔고 있는데, 행인들보다는 저렴한 가격에 식사를 해결하려는 주변 상점의 점원들이 주 고객이었다. 그런데 오늘 염서성 때문에 한 명의 손님도 받지 못하고 있었던 것이다.

'오늘은 왜 저리 인상을 쓰고 지랄이야.'

염서성이 이곳에 나타난 것은 이틀 전이었다.

딱히 용건도 없어 보이는데 주변을 휘휘 둘러보더니 그의 가판에 자리 잡고 앉아서 소면 한 그릇과 만두 한 접시를 시키는 게 아닌가.

처음엔 큰일 났구나 싶었다. 그도 혈맹파의 상황을 들었고, 최근 분위기가 매우 좋지 않다는 걸 느끼고 있었고, 염서성이 누구인지도 알고 있었으니까.

우려는 그대로 맞아서 얼마 있지 않아 험상궂고, 덩치 큰 혈맹파 조직원들이 나타나 염서성에게 뭔가를 보고하고, 돌아가기를 반복했다.

하지만 그뿐이었다. 싸움도 없었고, 장사를 방해하지도 않았고, 하나뿐인 의자를 독차지하고 있기는 해도 오히려 상점 주인들과 점원들을 손짓해 부르며 소면이 맛있다느니, 만두 속이 꽉 차서 한 접시만 먹어도 배가 부르다느니 하며 호객행위까지 했던 것이다.

요 이틀간은 정말 장사에 큰 도움이 되었다.

그런데 오늘은 아침부터 이전과 달랐다. 굳은 얼굴로 나타나서는 잔뜩 인상을 쓰고 앉아 있는데다, 뭐가 그렇게 마음에 들지 않는지 발끝에 걸리는 돌멩이마다 밟아 으스러트리고 있었다.

그러니 가까이 오려는 사람이 아무도 없는 것이다.

단단한 돌멩이도 가볍게 으스러트려 버리는 저 발만 봐도 겁이 날 수밖에 없지 않겠는가.

'젠장, 이제 좀 가줬으면 좋겠는데.'

이틀 간 크게 도움이 되었다는 건 중요하지 않았다.

정말 이대로라면 뭔가 큰 일이 벌어질 것만 같았다.

그때 저 멀리서 조직원 한 명이 염서성을 향해 급하게 달려왔다.

"소두목님!"

뭔가를 예감한 염서성은 벌떡 일어나 조직원의 다음 말을 기다렸다.

하지만 조직원은 답답한 그의 심정도 모르고 헐떡거리며 호흡만 고르는 게 아닌가.

염서성은 짜증이 나서 의자를 발로 걷어찼다.

와자작.

한 번의 발길질에 의자는 완전히 박살이 나 버렸다.

가판 주인은 물론이고, 주변을 지나던 행인들과 조심스레 사태를 살피고 있던 상점 주인들, 점원들은 크게 놀라 몸을 움츠렸다.

조직원도 마찬가지였다. 염서성의 짜증어린 표정에 놀라 거칠어진 호흡을 가다듬지도 않은 상태에서 헉헉거리며 보고를 했다.

"놈이, 아니 놈들이 나타났습니다."

"어디에?"

"대장간에 나타났습니다."

"가자."

염서성은 곧바로 대장간 쪽으로 걸어갔다.

그러나 곧 걸음을 멈추고 돌아서서는 가판 주인에게 사과를
했다.

"미안하오. 기다리던 놈들이 하도 나타나지 않아서 기분이
좋지 않았소. 의자는 변상해 드리리다."

염서성은 조직원을 향해 눈짓했다.

조직원은 왜요? 하는 표정으로 쳐다보다가 곧 눈짓의 의미
를 깨닫고 품을 뒤졌다.

'젠장.'

딱 은 한 냥이 있었다.

대장간을 감시하다가 동료들 몰래 근방의 상점 주인을 협박
해서 받아낸 돈이었다. 허름한 의자 하나의 값으로는 너무 큰
금액인 것이다.

'염병, 오늘따라 하필 동전도 없을 게 뭐람.'

조직원은 최대한 진실어린 표정을 짓기 위해 애쓰며 말했
다.

"가진 돈이 없는데요."

"……."

염서성은 조직원을 빤히 쳐다봤다.

그는 그 말을 믿지 않았다. 인상도 험악한 놈이 순진무구한
표정을 지으려고 애쓰며 고개를 내젓는다면 뭔가 감추고 있다
고 생각할 수밖에 없지 않겠는가.

그래서 염서성은 번개처럼 손을 뻗어 조직원의 품을 뒤지고 한 냥을 빼냈다.

'헉! 뭐가 이렇게 빨라!'

조직원은 내심 경악했다.

의자를 한 번의 발길질로 박살낼 때와는 상황이 달랐다. 만약 저 손에 칼이 쥐어져 있었다면 그는 숨 한 번 내쉴 틈도 없이 죽을 수밖에 없었을 것이기 때문이다.

게다가 염서성은 은을 맨손으로 잡아 뜯듯이 반쪽을 내 버리는 게 아닌가.

'다들 소두목이 달라진 거 같다고, 뭔가 무림인의 분위기를 풍긴다고 할 때 믿지 않았는데…….'

지금은 믿을 수 있었다.

염서성은 그가 감히 덤벼들 수 없을 만큼 강하고, 무서운 사람이란 것을.

"이거 받으시오!"

염서성은 은원보 반쪽을 가판 주인에게 던졌고, 나머지는 조직원의 품에 다시 넣어주었다.

그리고 그의 어깨를 가볍게 두드리며 말했다.

"이번엔 처음이니까 봐주지만, 또 날 속였다가는 먼저 혀를 뽑아 버린 다음 목을 비틀어 죽여 버릴 거다. 알겠냐?"

"예, 예, 소두목님. 앞으로는 절대 속이지 않겠습니다."

"당연히 그래야지. 이제 가자."

염서성은 바짝 정신을 차린 조직원과 함께 믿기 힘들다는
듯 손에 든 은원보 반쪽을 만지작거리는 가판 주인을 뒤로 하
고 대장간이 있는 곳을 향해 빠르게 달려갔다.

*　　　　*　　　　*

요 며칠간 사용했던 칼을 옆에 내려놓은 반악은 살짝 불안
한 기색이 엿보이는 대장장이에게서 박도를 건네받았다.

스릉.

묵직하면서도 부드러운 소리와 함께 빠져나온 박도의 날이
햇살에 반사되어 번쩍거렸다.

반악이 손가락으로 날을 튕기자 듣기 좋은 울림과 함께 부
르르 떨었다. 좌우로 휘저어보고 위아래로 휘둘러볼 때마다
깔끔하고 날카롭게 공간을 갈라가는 소리가 생겨났다 사라지
길 반복했다.

"좋군."

반악은 마음에 들었다.

병장기는 익숙하지 않다고 했지만 대장장이는 아주 훌륭하
게 수리를 마쳤다.

사실 처음엔 조금 망설였지만 대장장이가 만든 농기구를 살
펴보고 실력이 있구나 싶어 맡긴 것인데, 결과적으로 그의 선
택이 옳았던 것이다.

만족감을 느낀 반악은 박도를 집에 넣고, 은 한 냥을 꺼내 내밀었다.

내내 불안한 표정을 감추지 못하던 대장장이는 깜짝 놀라 손사래를 쳤다.

"손님, 너무 많이 주셨습니다."

"이 박도는 그만한 가치가 있소."

사실 그는 한 냥 이상의 금액을 줄 수도 있었다.

그러나 대장장이가 주변에 누군가 숨어 있다는 걸 내색하지 않기 위해서 애쓰는 걸 보고는 한 냥만 준 것이다. 성질대로라면 한 대 때려도 시원찮지만, 따지고 보면 대장장이가 무슨 잘못이 있겠는가.

"주인님, 모두 쓸어버릴까요?"

반악이 대장간을 나오자 견일이 물었다.

그의 표정은 살짝 들떠 있었는데, 삼 일 동안 죽기 살기로 연습한 초식을 반악의 앞에서 성공시키고 칭찬을 받았기 때문이다. 그리고 누군가를 상대로 써먹고 싶어 안달이 난 상태였다.

견이과 견삼 역시 마찬가지였다. 그들도 완성한 초식을 실전에 사용해 보고 싶은 기색이 역력했다.

그러나 반악은 고개를 저었다.

"기다려."

주변에 숨어 있는 자들은 신경 쓸 수준도 되지 못했다.

그러나 반악의 예상대로라면 한 번 싸워볼 만한 자가 곧 나타날 것이다.

"오는군."

견일 등은 반악의 시선을 따라 오른쪽으로 시선을 돌렸다.

그 방향에서 염서성이 달려오고 있었다. 그리고 그가 나타나자마자 숨어서 반악을 주시하고 있던 이십여 명의 조직원들이 모습을 드러냈다.

"역시 내 예상이 맞았어!"

석 장의 거리를 두고 멈춰 선 염서성은 반악을 보고 손뼉을 치며 크게 소리쳤다.

반악의 체형만 보고도 그가 쫓던 복면인이란 걸 확신한 것이다.

싱글거리며 웃던 염서성은 갑자기 정색을 하고 물었다.

"네놈 짓이지?"

"뭐가?"

"내 양부와 조장들을 죽인 거."

반악은 대답은 않고 어깨를 살짝 으쓱였다.

부정할 생각은 없었지만, 지켜보는 사람들이 많은 곳에서 살인을 했다고 인정할 수는 없는 일이니까.

염서성은 인상을 썼다.

"할 짓은 다 해놓고 사람들이 많다고 이제 와서 몸을 사리는 거냐?"

"조용한 곳에서 이야기하지."

"싫은데."

염서성은 장소가 어디든 상관없었다.

오히려 이곳에서 싸우면 자신이 얼마나 강한지 모두가 알게 될 것이고, 세력이 약화되었다고 알려진 혈맹파의 위세를 드높일 수도 있지 않겠는가.

반악은 코웃음을 치며 말했다.

"사람들이 보는 앞에서 죽고 싶냐?"

"걱정 마. 죽는 건 내가 아닐 테니까."

"그래?"

반악은 앞으로 한 걸음 나섰다.

그러자 염서성의 뒤에 늘어서 있던 조직원들이 뒤로 한 걸음 물러났다.

염서성은 뒤를 돌아보며 인상을 썼다.

'병신 새끼들이 사람 체면 안 서게.'

하지만 이해는 되었다.

단지 한 걸음 다가왔을 뿐인데도 반악의 기세는 확연하게 달라졌고, 솔직히 그도 내심으로 움찔했다.

만약 긴장감을 가지고 대비하지 않았다면 그도 본능에 따라 뒤로 물러났을 것이다.

'역시 금노의 제자라는 건가.'

반악은 염서성이 물러나지 않고 그의 기세를 받아내는 것을 보며 내심 기특하다 생각했다.

그는 주위를 둘러보았다.

사람들은 거의 보이지 않았다. 싸움이 벌어질 분위기가 되자 자리를 떠났거나, 상점 안에 숨은 것이다. 개중에는 건물 안에서 머리만 내밀고 지켜보는 사람도 있었지만, 한 손에 꼽을 정도에 불과했다.

이런 상황에서는 눈 먼 칼에 맞을 수도 있기 때문이었다.

'뭐, 여기서 싸워도 상관은 없지.'

혹 소란이 생겼다는 말을 전해 듣고 포쾌들이 나타날 수도 있겠지만, 그들 역시도 사람인지라 함부로 나서서 말릴 생각은 못할 것이다.

반악은 염서성에게 손가락을 까딱이며 말했다.

"덤벼봐."

"오냐, 덤벼주지. 대신 이번엔 확실히 싸워."

"……?"

"너 주특기가 칼을 쓰는 거잖아. 괜히 맨손으로 덤볐다가 칼을 안 써서 졌다고 하면 내 입장에서는 속상하지."

"하하하!"

반악은 웃었다.

이런 걸 하룻강아지 범 무서운 줄 모른다고 하는 게 아닌가.

하지만 재밌었다. 염서성의 호기로운 도발도 기분 나쁘지 않았다.

'이상하군. 내가 이런 말을 듣고도 화를 내지 않다니……'

예전이었다면 주제도 모르고 지랄한다고 욕을 했을 것이다.

명확한 이유를 알 수는 없지만, 아마도 삼 일 내내 칼춤을 추며 남다른 변화를 느낀 게 심리적으로까지 영향을 미쳤기 때문이리라.

"기분 나쁘게 왜 웃어!"

염서성은 화를 버럭 냈다.

반악이 웃자 왠지 모르게 어른 앞에서 재롱을 부린 아이가 되어 버린 듯한 느낌을 받았기 때문이다. 외견상 자신과 반악이 비슷한 연령이라는 걸 감안하면 무척이나 자존심 상하고, 기분 나쁜 일이었다.

스릉—

박도를 빼든 반악이 말했다.

"원하는 대로 상대해 주지."

"자식아, 진작 그랬어야지."

염서성은 왼 주먹으로 가슴을 보호하고, 오른 주먹을 앞으로 내밀며 자세를 잡았다.

이 싸움을 위해 며칠 동안 심신을 갈고 닦았던 만큼 그의 기세와 투지는 남달랐다.

조직원들도 칼을 빼들고 싸울 태세를 갖추었다. 하지만 그들의 얼굴은 곧바로 굳어졌다. 반악이 견일 등에게 한 말 때문이었다.

"저놈 빼고 누구든 움직이는 놈이 있으면 다 죽여 버려."

"존명."

견일과 견이는 등에 메고 있던 쌍초겸과 쌍륜에서 천을 벗겨내 손에 쥐었고, 견삼도 허리에 감고 있던 연편을 풀러 손목에 감았다.

무기를 빼든 그들의 기세 또한 단번에 날카롭고, 위협적으로 변했다.

'저 자식들이 조장들을 피습해 죽인 놈들이군.'

쉽게 접하기 힘든 무기의 독특함도 그러했지만, 눈빛과 표정, 자세가 결코 만만한 자들로 보이지 않았다.

수하들의 숫자는 이십 명이 넘지만, 정면으로 붙으면 이길 가능성이 없어 보이는 것이다.

그래서 뒤를 돌아보며 명령했다.

"너희들은 가만히 있어."

견일 등은 일단 그가 반악을 굴복시키고 나서 처리해도 늦지 않다고 생각한 것이다.

오히려 무리를 해서 견일 등도 싸움에 개입시키게 되면 압도적으로 불리해질 게 분명했다.

반악은 제법이라는 듯 말했다.

"잘 판단했어."

"누가 칭찬해 달라고 했냐!"

"고마워할 줄 모르는 놈이군."

반악은 시큰둥한 표정을 지으며 박도를 들어 염서성의 미간을 겨냥했다.

　단지 겨냥을 당한 것뿐인데도 미간이 뜨끔해지는 느낌에 염서성은 주먹을 꽉 쥐었다. 그리고 공력을 가득히 끌어올려 전신에 휘돌리고, 오른발을 살짝 뒤로 빼서 양다리를 단단하게 고정시켰다.

　"……!"

　반악은 내심 놀라워했다.

　염서성의 피부가 거뭇하게 변하고 있었기 때문이다.

　'저게 금노의 대흑금마력(大黑金魔力)이군.'

　대흑금마력은 금노 독근궁을 구노의 일인으로 만들어 준 내공심법이었다.

　근육과 피부를 강철처럼 단단하게 만들어 주지만, 운공할 때 피부가 거뭇하게 변하게 되는 단점이 있었다.

　들리는 말로는 십성에 이르게 되면 그러한 단점도 없어진다고 하지만, 금노도 이루지 못한 경지라 진위 여부가 검증되지 않은 소문이라고나 할까.

　"뭘 망설이냐? 마음껏 공격해 봐."

　"아깐 네가 덤빈다면서?"

　반악의 반박에 염서성의 거뭇한 얼굴 피부가 살짝 붉어졌다.

　그는 민망함을 감추기 위해서 득달같이 앞으로 뛰어나왔다.

훙—

직선으로 뻗어오는 주먹을 따라 공기가 묵직하게 밀리고,
한 장의 간격이 벌어진 상태에서 반악의 얼굴로 권풍이 날아
왔다.

하지만 반악은 고개를 옆으로 꺾는 단순한 동작으로 권풍을
피하고, 박도를 앞으로 찔렀다.

'흥, 박도를 가지고 찌르기 공격을 하다니!'

도는 한쪽 면에만 날이 있기 때문에 검보다 공격의 다양성
이 떨어지는 무기였다.

특히나 박도는 앞이 날카롭지 않고 뭉툭한 모양이기 때문에
더욱 찌르기에 적합하지가 않았다.

'부러트려주지!'

염서성은 전진을 멈추지 않고 박도 끝을 향해 주먹을 마주
쳐갔다.

대흑금마력의 공력으로 보호되어 단단하기 그지없는 주먹
을 믿고 있기에 할 수 있는 반격이었다. 하지만 반악이 원래는
검을 애용했었다는 걸 진작 알았다면 이런 식의 강공을 선택
하진 않았을 것이다.

"……!"

박도와 주먹이 격돌할 것이라 예상했던 염서성은 깜짝 놀랐
다.

마주치기 직전 박도가 잘게 흔들리면서 그의 주먹을 흘리듯

이 안쪽으로 비껴들어와 주먹을 옆으로 살짝 튕겨 버렸기 때문이다.

도법에서 보기 힘든 부드럽고, 정교한 움직임이었다.

하지만 그에겐 감탄할 시간이 없었다. 박도가 소매 옷깃을 베어 버리며 파고들어오는 속도가 너무 빨라서 뒤로 물러날 여유조차도 없는 것이다.

"흡!"

염서성이 숨을 들이마시며 힘을 주자 공기를 불어 넣은 듯 팔 전체가 조금 더 두껍게 팽창했다.

그는 한층 단단해진 팔을 휘저어 박도를 힘껏 후려쳤다.

땅!

기분 좋은 울림과 함께 박도가 흔들렸다.

하지만 반악은 손목을 교묘하게 움직이며 흔들림을 최소의 폭으로 줄이고, 아래로 내리그었다.

막아냈다고 생각했던 염서성으로서는 미치고 팔짝 뛸 노릇이었다.

'젠장!'

박도의 끝이 정확히 명치로 떨어지고 있었다.

급히 상체를 틀고도 부족함을 느낀 염서성은 오른쪽으로 몸을 날려 바닥을 구르고 일어났다. 그는 무림인들이라면 누구나 수치라 여기고 있는 나려타곤을 펼친 것이다.

하지만 그의 얼굴에선 부끄러워하는 기색이 조금도 없었다.

그의 사부는 싸움에서 살기 위해 취하는 행동은 결코 수치가 아니라고 했기 때문이다.

그리고 반악도 그 점에 대해서는 비슷한 생각을 갖고 있기 때문에 염서성의 회피 동작에 대해 거부감을 느끼지 않았다. 솔직히 칭찬해 주고 싶은 마음이었다.

그래서 말했다.

"금노가 잘 가르쳤군."

허나, 염서성은 다른 의미로 받아들였다.

이십대 중반 정도로밖에 보이지 않는 반악이 금노를 자신과 동급이라도 된다는 듯 말하고 있으니 곱게 들릴 리가 없는 것이다.

"개자식, 네깟 놈이 감히 사부님을 조롱하는 거냐!"

그는 버럭 고함을 지르며 갈 지(之) 자로 땅을 박차고 반악을 향해 짓쳐들어왔다가 바로 앞에서 뛰어올랐다.

파파파파팍—

뛰어오르며 다섯 번을 연달아 걷어차고, 몸을 한 번 틀어 다시 다섯 번을, 그리고 떨어지며 다섯 번을 더 찼으니, 염서성은 한 번의 도약으로 모두 열다섯 번이나 되는 발길질을 날린 것이었다.

문제는 그의 발길질이 반악에게 전혀 통하지 않았다는데 있었다.

반악은 고개를 살짝 젖히거나, 손바닥으로 발등을 막아 밀어내거나, 아니면 한 걸음 정도만 좌우로 움직이는 것으로 그 모든 발길질을 피해 버린 것이다.

'이 자식 뭐야!'

염서성은 어이가 없었다.

솔직히 답답했다. 마치 절대 무너트릴 수 없는 벽을 마주한 것처럼 그의 모든 공격이 막히고 있다니.

자신의 실력이 절대적이라고 믿지는 않았지만, 최소한 젊은 층에서는 수위를 다툴 정도라고 생각했기에 충격이 적지 않았다.

더구나 그의 실력이 젊은 층에서 발군이라 한 것은 자신의 주관적인 판단이 아니라, 칭찬을 잘 하지 않는 사부가 했던 말이 아니던가.

그런데 반악을 공격하면서 자신감이 산산이 부서지고 있었다.

이때 상대적으로 방어적이었던 반악이 순간 둘 사이의 간격이 벌어진 촌각의 시간을 틈타 박도를 휘둘렀다.

스악—

"……!"

왼쪽 어깨 옷이 잘리고, 그 안으로 붉은 선이 그어졌다.

'대흑금마력 때문에 철판처럼 질겨진 내 피부에 상처를 내다니!'

그것도 박도를 있는 힘껏 휘두른 것도 아니고, 가볍게 휘두른 정도로밖에 보이지 않았기에 염서성의 놀라움은 컸다.

그러나 염서성만큼이나 반악도 내심 놀라고 있었다.

'부드럽다.'

잔혹마 시절 검을 쓸 때도, 환골탈태하여 박도를 쓰고 나서도 그의 공격은 정교함, 날카로움, 그리고 힘이라는 세 가지 요소가 적절하게 배합된 것이었다.

그런데 방금 전 그가 박도를 휘두르는 동작에서 부드러움을 느꼈다.

자신이 박도를 휘두르고도 왜 이런 느낌이 드는 걸까 의문스러워하는 건 우스운 일이지만, 반악은 진정 이러한 공격을 의도한 게 아니었다.

염서성의 엄청난 발길질을 피할 때도 마찬가지였다. 분명 그는 강했지만, 그 정도의 공격을 여유롭게 피할 정도는 아니었던 것이다.

'뭔가 달라지고 있는 걸까?'

*　　　*　　　*

무공을 배우기 시작할 때는 저도 모르게 힘에 치우치게 된다. 그리고 정교하지 않으면 소용없음을 깨닫게 되어 다시 기본을 충실히 수련하기 시작한다.

거기에 노력과 재능과 경험이 첨가되어 실력의 고하가 결정

되는 것이다.

최소한 반악은 그렇게 생각했었다.

'그런데……'

광존 화임손과의 싸움을 통해, 그리고 스스로도 이해할 수 없는 변화를 두 번이나 겪으면서 또 다른 게 있음을 어렴풋이 느끼게 되었는데, 지금 조금 더 확실하게 깨닫게 되었다고나 할까.

'그것이 부드러움인가?'

그렇다면 부드러움 다음에도 또 다른 무엇이 있는 것일까?

그가 도저히 피할 수가 없었던, 막을 수가 없었던 화임손의 공격은 단순히 부드러웠다는 말로는 설명할 수가 없을 만큼 기묘했기 때문이다.

반악은 한층 힘차고, 거칠게 공격해 오는 염서성의 주먹과 발을 부드럽고, 여유롭게 피하는 자신의 동작을 음미했다.

그리고 새삼 무공에 대한 궁금증을 느끼기 시작했다.

*   *   *

염서성의 얼굴은 점점 딱딱하게 굳어갔다.

분명 그가 반악을 몰아붙이고 있었다. 반악은 피하고, 막기만 하고 자신은 주구장창 공격만 퍼붓고 있으니 달리 무슨 설명이 필요하겠는가.

하지만 그건 겉모양뿐이었다.

'이젠 벽이 아니라, 허공을 상대로 싸우는 기분이다.'

아까는 철벽에 막혀 답답한 느낌이라고 하면, 지금은 혼자 분에 겨워 허공을 때리는 느낌에 바보가 된 듯했다.

그래서 더 굴욕적이고, 화가 났다.

"으아— 젠장!"

염서성은 답답함과 분노를 고함으로 분출하면서 양팔을 크게 휘젓고는 뒤로 물러났다.

"개자식아! 지금 장난해! 이번엔 확실히 싸우라고 했잖아!"

분명 반악은 그를 압도하고 있었다.

왜 방어만 하고 있는지 이해할 수가 없을 지경이었다.

차라리 공격을 받아 밀리면 기분이라도 더럽지 않을 텐데, 이건 마치 어른에게 놀림을 받고 있는 어린아이와 같은 상황이 아닌가 말이다.

하지만 반악도 의도한 건 아니었다.

무공이 변화하고 있다는 기분에 취해서, 그 변화를 확실하게 체감해 보기 위해서, 완벽하게 이해가 가지 않는 자신의 움직임에 집중하느라 싸움을 끝낼 생각을 하지 못했던 것이다.

'내가 싸움 중에 집중하지 않고 딴 생각을 하다니……'

하지만 이상하게도 잘못되었다는 생각이 나질 않고, 괜스레 웃음이 나왔다.

"왜 웃고 지랄이야!"

반악은 어깨를 으쓱였다.

"잠시 딴 생각을 했다."

"뭐? 딴 생각? 이자식이!"

염서성은 분노가 극에 달해 공력을 있는 힘껏 끌어올렸다.

하지만 이번엔 그가 아니라, 반악이 먼저 공격을 시작했다.

스악—

"……!"

염서성은 급히 양팔을 교차해 얼굴을 막았다.

'큭!'

염서성의 얼굴이 고통으로 일그러졌다.

'베어졌다.'

피부가 상하는 정도가 아니었다.

믿을 수 없게도 그의 단단하기 그지없는 팔에 깊숙한 상처
가 생겨난 것이다.

하지만 그게 끝이 아니었다.

염서성이 고통과 당혹감에 몸이 굳어 버린 사이 박도는 십
여 개의 도영을 만들어내며 말 그대로 염서성의 몸을 뒤덮어
버렸다.

스악—

의복이 넝마처럼 잘리고 온몸에 자잘한 상처가 만들어졌을
뿐만 아니라 어깨, 옆구리, 그리고 허벅지에 깊숙한 자상이 새
겨졌다.

사부에게 대흑금마력을 배워 익힌 이후 처음 겪어보는 상처들이었다.

　한순간에 맹공을 퍼붓고 멈춘 반악은 실망스럽다는 듯 말했다.

　"대흑금마력이란 것도 별거 아니었군. 아니면 금노의 명성이 과장되었던 건가?"

　염서성의 얼굴이 일그러졌다.

　"닥쳐! 사부님은 네놈 따위가 입에 올려도 되는 분이 아니야!"

　"그 꼴이 되고도 인정하지 못하겠다는 거냐?"

　"대흑금마력은 최고의 무공이다! 내 성취가 낮아서일 뿐, 무공이 약한 게 아니야!"

　"이제 보니 넌 입만 살아 있는 놈이었군. 싸움은 말이 아니라, 몸으로 하는 거다."

　"아직 끝나지 않았다!"

　"난 끝났다. 너 같은 하수와 싸우는 것은 시간낭비야."

　반악은 박도를 거두었다.

　지금껏 그 스스로 싸움을 멈춘 적은 한 번도 없었다.

　그러나 지금은 달랐다. 싸우고 싶은 마음이 들지 않았다. 상대도 되지 않는 상대와 투덕거리는 것보다, 혼자만의 시간을 가지며 변화에 대해 숙고하고 싶은 마음뿐이었다.

　그런데 염서성이 그를 향해 다시 덤벼들었다.

온몸에 크고 작은 상처를 입고 피를 철철 흘리고 있으니 누가 봐도 질 것이 뻔한데 덤벼드는 것이다.

'이놈 뭐야?'

반악은 내심 고개를 갸웃거렸다.

지난번 보았을 때 염서성은 이렇게 무모한 자가 아니었다.

질 것 같다는 생각이 들자 주저 없이 도망칠 정도라면 명예보다 실리를 선택하는 인물이 아니겠는가.

솔직히 자신이 그만 싸우겠다고 하면 외면상으로야 화를 내도 내면으로는 얼씨구나, 하고 받아들일 줄 알았다. 그런데 오늘은 그때보다 더욱 명확한 패배가 보이는데도 망설임 없이 덤벼들다니.

'금노에 대한 존경심인가?'

달리 설명할 만한 게 없었다.

'사부의 명예를 위해서라면 목숨을 아끼지 않는다……'

참으로 충실한 제자라고 칭찬받아 마땅한 행동이었다.

'하지만 어리석다.'

반악은 코웃음과 함께 앞으로 성큼 나서며 염서성의 주먹을 도면으로 쳐내고, 너무도 쉽게 열린 가슴을 활짝 펼친 왼 손바닥으로 밀어 쳤다.

콰지직.

염서성은 그대로 넉 장을 뒤로 날아가 나무로 만들어진 건물 벽에 처박혔다.

하지만 죽지는 않았다. 대흑금마력이 단순히 껍질만 단단하게 해주는 심법이 아니라는 걸 증명한 것이다.

'조금 더 강하게 칠 걸 그랬군.'

물론, 반악의 입장에서는 충분하다 싶게 공력을 실어 친 것이었다.

그러나 염서성의 육체와 생명력은 그의 짐작보다 더 질기고, 단단한 모양이었다.

반악은 한 움큼의 검은 피를 토해내고 끙끙거리며 일어서려고 하는 염서성을 향해 걸어갔다. 앞에는 조직원들이 있었지만 염서성을 압도하고, 일격에 넉 장이나 날려 버릴 정도로 강한 반악을 막아설 간담을 가진 자는 아무도 없었다.

조직원들은 급히 물러나 반악이 지나갈 길을 열어주었다.

반악은 간신히 벽에서 빠져나와 반쯤 일어나 비틀거리고 있는 염서성의 앞에 멈춰 서서 말했다.

"용기는 가상했다. 이제 죽어라."

박도를 치켜들었다.

깔끔하게 목을 쳐서 고통 없이 끝내주려는 것이다.

"잠, 잠깐만!"

염서성은 손을 올리며 반악의 행동을 막았다.

반악은 인상을 찌푸렸다. 왠지 느낌이 좋지 않았다. 문득 원괴 울표신의 기억이 떠오르는 건 왜일까.

"설마 살려달라는 건 아니겠지?"

염서성은 끝내 똑바로 서지 못하고 털썩 주저앉아 한숨을 길게 내쉬었다.

그리고 얼굴을 들고 반악을 향해 어색한 미소를 지어보이며 고개를 끄덕였다.

"염치없지만 그래야겠소. 살려주시오."

반악은 어이가 없었다.

방금 전까지 서슴지 않고 욕지거리를 쏟아내며, 자신이 세상에 다시없을 원수라도 되는 것 마냥 집요하게 공격하던 자가 갑자기 말투까지 정중하게 바꾸어 목숨을 구걸하다니.

'응당 살아야 할 자는 죽음을 선택하고, 담담히 죽을 줄 알았던 자들은 살아야겠다고 용을 쓰는구나.'

반악은 박도를 염서성의 왼쪽 가슴에 겨누며 물었다.

"넌 자존심도 없냐?"

"나라고 왜 자존심이 없겠소. 하지만 난 꼭 살아서 해야 할 일이 있소."

"너도 불치병에 걸린 아내가 있어?"

염서성은 그게 뭔 소리냐는 듯 어리둥절한 표정을 지었다.

"난 혼인한 적도 없소."

"혹시나 해서 물었다. 그럼 이유가 뭐야?"

염서성은 대답을 망설였다.

반악은 손에 힘을 주었다. 그는 전혀 아쉬울 것이 없으니 그냥 죽이면 된다고 말하는 것이다.

그러자 염서성은 급히 몸을 뒤로 빼며 말했다.

"기, 기다리시오."

그리고는 이쪽을 주시하고 있는 조직원들을 힐끔 쳐다보고 는 조용히, 반악만 간신히 들을 수 있을 정도의 작은 목소리로 이야기했다.

"사부의 복수를 해야 하오."

"금노가 죽었단 말이지……. 그런데 목소리는 왜 그렇게 작 게 하냐?"

"이 이야기는 다른 사람들이 알아서는 안 되기 때문이오."

"네가 복수하겠다는 사람이 누군데?"

염서성은 다시 주변을 살펴본 뒤 한 호흡을 쉬고 작게 말했 다.

"초모용."

금노가 죽었다는 말에도 별로 놀라지 않던 반악은 이번엔 크게 놀랐다.

초모용은 호남의 무림명문인 초씨세가 출신으로 젊을 적부 터 옥과 같은 얼굴과 뛰어난 무공으로 옥면검객(玉面劍客), 옥 면염라(玉面閻羅), 옥면검룡(玉面劍龍)이라고 불려왔다.

그리고 지금 그의 호칭은 삼존(三尊)의 일인인 옥존(玉尊), 말 그대로 무림 최고 고수 중 하나인 것이다.

'둘이 싸움이 붙었었군.'

명성이 높은 고수들끼리 싸우는 일은 흔하지 않았다.

여러 가지로 위험성이 높고, 잃을 것도 많으니까.

하지만 아무리 넓다 해도 만나는 사람은 만나고, 싸울 사람은 싸우게 되어 있는 것이다.

'헌데, 천하 오십삼 명의 고수 중 둘이 붙었고 금노가 죽기까지 했는데 아무런 소문도 없었다는 건 이상한데…….'

뭔가 내막이 있는 것일까?

"무림에서 비일비재하게 일어나는 일이 그런 건데 알려지면 안 되는 이유는 뭐냐?"

"내가 사부님의 제자라는 걸 아는 사람은 아무도 없소."

실제로 그와 금노는 사제지간을 규정하는 어떤 예식을 갖춘 적도 없었다.

금노가 살아생전 염서성을 부른 호칭은 이놈, 염서성이 금노를 부른 호칭은 영감이었다. 염서성은 금노가 죽은 뒤에야 그 시신 앞에 아홉 번의 절을 하고 처음으로 사부라고 불렀던 것이다.

"사부님이 죽임을 당하실 때 난 멀리서 지켜보고 있었소. 옥존도 내가 그 자리에 있었다는 걸 몰랐던 거요. 만약 내가 거기 있다는 걸 옥존이 알았다면 살아남지 못했을 테고, 지금도 마찬가지요. 그러니 다른 사람들이 알아서는 안 되오."

확실히 금노와 옥존의 싸움에는 뭔가 비밀스런 내막이 있는 모양이었다.

아마도 옥존에게 치명적인, 무림에 절대 발설되어서는 안 되는 내용일 가능성이 높았다.

"그건 그렇다 치고, 그러니까 네가 옥존에게 복수를 하겠다고?"

"그렇소."

"네 실력으로는 불가능한 일이잖아."

염서성은 강했다.

하지만 후기지수들과 비교할 때 수준이 높은 편이라는 것이지, 반악이 화임손과 싸워본 경험으로 볼 때 삼존의 실력은 염서성에게 있어서 천외천이었다.

하지만 염서성은 그렇게 생각하지 않는 모양이었다.

그는 입술의 피를 닦아내며 두 눈 가득 힘을 주고 말했다.

"반드시 복수하고 말 거요."

그러나 반악은 그 말에 동감할 수 없었다.

많은 내단을 복용하여 막대한 공력을 쌓고 환골탈태까지 했던 자신도 화임존에게 패배했는데, 염서성이 무슨 수로 화임손에 준하는 명성의 초모용을 죽일 수 있단 말인가.

차라리 세월을 무기로 삼아서 늙어 죽길 기다리는 게 더 나을 것이다.

"넌 못해."

"할 수 있소."

"못한다니까."

"할 수 있소! 할 수 있단 말이오!"

반악은 잠시 염서성을 내려다보다 갑자기 얼굴을 걷어찼다.

쿠당탕!

염서성은 뒤로 나동그라졌다가 간신히 몸을 바로 잡았다.

반악은 노골적으로 비웃음을 지었다.

"지금 네놈 꼴을 봐. 내 발길질 하나 막지 못하는데, 무슨 옥존을 죽이겠다는 거냐."

하지만 염서성은 여전히 힘이 들어간 눈빛으로 반악을 노려보며 한층 낮아진 음성으로 말했다.

"만약 당신이 평생을 다 바쳐서라도 꼭 하고 싶은데 남들은 절대 불가능하다고 조롱한다 해서 포기할거요?"

"……."

반악은 순간 할 말을 잃었다.

염서성에게서 과거 그가 환골탈태하기를 염원하고, 매번 좌절했지만 끝까지 포기하지 않았던 자신의 모습이 보이는 듯했기 때문이다.

"부모와 같았던 사부가 죽었는데, 상대가 강하다고 해서 그냥 복수를 포기하고 잊을 수 있소?"

"……."

"난 포기하지 않소. 난 복수할 거고. 반드시 옥존을 죽이고 말거요."

반악은 생각해 보았다.

'만약 내게 이놈처럼 존경하고, 그리워할 만한 사부가 있었

다면, 그 사부가 눈앞에서 살해당했다면 복수를 하겠다고 했을까?'

깊이 존경하고 그리워할 사부를 가져본 적이 없었기 때문에 공감하기가 힘들긴 했지만, 그랬을지도 모른다는 생각이 들었다.

'하지만……'

그래도 안 되는 건 안 되는 것이었다.

반악은 딱딱하게 굳어진 표정으로 염서성에게 다가가며 말했다.

"의지는 가상하다만, 네 실력으로는 힘들다니까. 어차피 안 될 거, 그냥 속 편하게 죽어라."

반악은 다시 박도를 치켜들었다.

그러나 염서성은 쉽게 포기하지 않았다.

"잠, 잠깐! 잠깐만 기다려보시오!"

"왜 또?"

이젠 슬슬 짜증이 났다.

사실 지금까지는 그답지 않게 많이 참고 들은 것이었다. 원래는 진작 목을 쳤어야 했다. 지난번에도 염서성을 다시 만나면 망설이지 말고 죽이기로 작정하지 않았던가.

"그냥 살려달라고 하지 않겠소. 협상을 합시다."

"……"

"날 살려주면 오 년 동안 당신 밑에서 일하겠소."

오 년?

짧다고 할 수 없는 시간이었다.

'따져보면 이 정도 실력을 가진 놈도 흔한 건 아니지.'

거룡성과 관련하여 지금 자신의 상황을 생각하면 구미가 당기는 제안이었다.

견일 등도 실리를 따져서 죽이지 않고 반 협박하여 종으로 삼은 게 아니던가.

반악이 흥미를 보이고 있다는 걸 눈치챈 염서성은 얼른 말을 이었다.

"날 살려두고 부리면 덤으로 혈맹파도 당신 것이 되는 것이오."

"너 없어도 혈맹파 정도는 쉽게 접수할 수 있어."

"혈맹파는 그렇다고 해도 나 정도의 실력자를 수하로 부릴 기회는 아무리 당신이라고 해도 흔히 생길 수 있는 게 아니잖소."

"네가 뒤통수를 칠지 어떻게 알아?"

"난 좋은 놈은 아니지만, 약속한 것은 반드시 지키는 사람이오."

틀린 말은 아니었다.

반악이 혈맹파에 잠입했다는 걸 말하지 않겠다는 것도 지켰고, 오 일 뒤 다시 만나 싸우자는 약속도 지키려고 하지 않았던가.

'양부의 위패 앞에서 이 자식을 때려눕혀 은혜를 갚겠다고 했던 다짐도 지킬 거다.'

물론, 지금은 실현하기 힘들었다.

하지만 반악이 그의 제안을 받아들인다면 오 년을 그의 밑에서 일하고 난 뒤에 약속을 지킬 것이다. 그 오 년 동안 대흑금마력을 비롯해 아직 미숙하기만 한 무공을 완성할 생각이니까.

'그때는 지금처럼 당하지 않을 거다. 아니, 반드시 이놈을 이길 자신이 있다.'

"시키는 것이라면 뭐든지 하겠소. 오 년 동안 당신의 충실한 개가 되리다."

"십 년."

"……?"

"십 년이라면 받아들이지."

염서성은 울상을 지었다.

"그건 너무 길잖소. 아무리 목숨을 담보로 하는 것이라지만 인간적으로 너무한 거 아니오?"

"싫으면 말고."

"……"

염서성은 고민하고, 또 고민했다.

그리고 사부의 복수를 위해서라면 십 년 정도는 참을 수 있다고 스스로를 위로했다.

"알겠소. 십 년 동안 당신의 수하가 되겠소."

"우선 말투부터 바꾸고, 날 주인님이라 불러."

주군도 아니고, 주인님이라니.

염서성은 내심 욕지거리가 치밀어 올랐지만 한숨을 내쉬며 고개를 끄덕였다.

"알겠습니다, 주인님."

반악은 만족스럽다는 듯 웃으며 염서성의 뒤로 가서 한쪽 무릎을 꿇고 앉았다.

염서성은 그가 자신을 치료해 주려나, 하고 생각했다.

하지만 반악은 그렇게 정감 있고, 세심한 사람이 아니었다.

"그런데 말이야. 네 말을 못 믿는다기보다는, 내가 사람 자체를 잘 안 믿어."

반악은 갑자기 염서성의 전신 혈도를 짚었다.

그리고 견일 등에게 그러했듯 등에 손바닥을 붙이고서 차가운 기운을 주입했다. 멀리서 이를 지켜보고 있던 견일 등은 우리도 저런 걸 겪은 적이 있지 하는 표정을 짓고 있었다.

공력을 주입한 반악은 얼떨떨해하는 염서성의 점혈을 풀어주고 일어났다.

"지금 내가 뭘 했는지는 저기 서 있는 내 종들이 자세히 설명해 줄 거다. 다 듣고 상처를 치료한 뒤에 내가 머무는 객잔으로 찾아와."

반악은 그대로 자리를 떠났고, 견일 등은 조직원들에게 멀찍이 물러나 있으라는 듯 손을 내저으며 염서성에게 다가와 불쌍하다는 듯 혀를 찼다.

그들은 염서성을 내려다보며 마치 네 인생은 이미 끝난 거야, 하는 동정어린 표정을 짓고 있었다.

'이 자식들이!'

염서성은 울화가 치밀었지만, 지금 그의 몸은 견일 등과 싸울 만한 몸 상태가 아니질 않은가.

견일이 대표로 그의 앞에 앉아서 말했다.

"막내야. 이제부터 이 대형이 하는 말을 잘 들어라."

막내?

염서성은 황당하기 그지없었다.

하지만 견일은 그의 반응이 어쩌하든 상관없다는 듯 반악이 그의 몸에 주입한 게 무엇이고, 어떤 증상이 있고, 어떤 위험성이 있고, 저항해 보려고 했다가 죽을 뻔했던 자신들의 경험담까지 한참이나 늘어놓았다.

가끔 견이와 견삼이 시어머니 잔소리에 끼어드는 시누이처럼 한 마디씩 첨언을 하기도 했다.

결국 염서성이 조직원들에게 업혀서 의방으로 옮겨진 것은 반식경이나 이어진 견일 등의 기나긴 설명이 모두 끝나고 나서였다.

第二十五章

팔공산 밑자락.

구화산으로부터 이전을 하고 성황 속에서 개파식까지 끝낸 뒤, 대외적으로 명실공이 안휘의 패자로서 확고히 자리를 잡은 거룡성은 도성에 미치지는 못하지만 엄청난 높이와 길이의 성곽으로 둘러싸여 있었다.

거대하고 육중한 정문 안쪽으로 천 명 이상의 무사들이 한꺼번에 운집해도 될 만큼 넓은 연무장이 있고, 곳곳에 세워진 크고 작은 건물들과 지금도 공사 중인 건물들은 한눈에 담기조차 힘들만큼 많았다.

거룡성만으로도 하나의 작은 현이라고 해도 될 만큼 엄청난 규모였다.

게다가 거룡성이 자리하게 되면서 자연히 그 주변으로 수많은 사람들이 모여들어 새로운 비룡지(飛龍池)가 형성되고 있었다.

팔공산은 주변에서 가장 인구밀도가 높은 지역으로 발전해 가고 있는 것이다.

*　　　*　　　*

땅 땅 땅 땅.

뭔가 딱딱한 것을 두드리는 소리였다.

게다가 뭔가를 옮기는 소리, 시끄럽게 떠드는 소리 등이 계속해서 들려왔다.

우선적으로 전체적인 골격과 주요 건물들, 그리고 개파식을 열어도 큰 문제가 없을 정도의 구조물들만 지어놨기 때문에 아직도 세부적으로 만들고, 짓고, 조성해야 할 것들이 많았다.

하지만 최대한 조용한 환경에서 업무를 보고자 하는 천문당 당주 홍문한에게는 그 소리들이 천둥소리처럼 신경에 거슬렸다.

오죽하면 바람처럼 빠르다고 하는 그의 업무 처리 속도가 평소의 절반도 되지 않을 만큼 느려질 정도였다.

오전 내내 꾹 참고 있었던 홍문한은 결국 정오 무렵 인내의

한계를 느끼고 버럭 소리쳤다.

"밖에 누구 있느냐!"

밖에서 일을 하고 있던 서기 한 명이 얼른 집무실로 들어왔다.

"부르셨습니까, 당주님."

"오전 내내 들리는 저 소린 무엇이냐?"

"지금 정자를 만들고 있습니다."

"정자?"

"예, 책임자의 말로는 이제부터 정자를 세우고 그 주위로 연못을 파고, 정원까지 조성하면 천문당에서의 작업은 모두 끝나게 된다고 합니다."

"멈추게 해."

"예?"

"천문당 앞에 정원 따위가 있어 무얼 하나. 당장 멈추게 하고 거치적거리는 거 없이 깔끔하게 치우라고 해라."

"하지만 성주님께서 직접 내리신 지시인데요?"

성주 상관모웅은 홍문한이 의형제이기도 하고 거룡방이 거룡성이 되는데 크게 공헌했던 만큼, 나름 신경을 쓴다고 특별히 정자와 연못, 정원을 천문당 앞에 조성케 하도록 하명했던 것이다.

사실 오전 내내 소음이 끊이지 않았던 것도 성주가 최대한 빨리 완공, 조성하라고 해서 목공들과 일꾼들이 조금도 쉬지 못하고 계속해서 일을 했기 때문이다.

'쓸데없는 짓을.'

홍문한은 성주의 그러한 조치가 전혀 고맙지 않았다.

오히려 최근 너무 과도하게 사치를 부리며, 자금을 낭비하고 있는 성주 때문에 골머리를 썩이고 있었다.

'개파식에 적지 않은 무림의 인사들이 찾아온 게 오히려 독이 되어 버린 건지도…….'

각지에 보냈던 초청장 중 일부는 별 기대 없이 형식적인 의미로 보낸 것도 있었다.

이를테면, 전통의 구대문파나 오대세가 등은 참석하지 않을 것이라 생각했던 것이다.

혹은 적당히 생색내는 정도 수준의 사람들을 파견하리라 예상했다.

그런데 거의 대부분의 세력이 사람을 보냈고, 그들을 이끌고 온 이들은 모두 장로급 이상의 중진들이었다.

물론, 그들의 참석 이유가 순수하게 축하하기 위해서가 아니라, 거룡성의 규모와 힘을 가늠하고자 하는 의도로 봐야 하기 때문에 긍정적으로만 볼 수도 없었다.

하지만 상관모옹은 그들의 참석으로 한껏 격앙되었고, 오만함과 우월감에 빠지게 되었다.

물론, 충분히 자격이 있었다.

이제 대내적으로나 대외적으로나 모두가 인정하는 안휘 최강 세력의 주인이 되었으니까. 그리고 그러한 위치에 있다면 적당히 오만함을 표출해도 된다는 게 홍문한의 생각이었다.

당당함과 자신감 속에서 어느 정도는 즐기고, 만끽해도 큰 문제가 없다고 여겼기 때문에 지금껏 아무 말도 하지 않고 묵묵히 지켜만 보고 있었던 것이다.

그러나 말 그대로 적당히 해야 하는데, 벌써 한 달이 넘도록 거처에서 나오지 않고 있으니 슬슬 걱정이 되기 시작할 수밖에.

지금 거룡성의 모든 제반 업무는 홍문한이 처리하고 있다고 해도 과언이 아니었다.

'아무래도 한 번 찾아가봐야 할 것 같군.'

"내가 성주님께 따로 말씀을 드릴 테니, 지금 당장 멈추게 해."

"알겠습니다, 당주님."

서기가 밖으로 나가고 얼마 있지 않아 소음이 사라졌다. 홍문한은 자신의 숨소리 외에는 아무 것도 들리지 않는 고요함에 평화로움까지 느꼈다.

'이래야지.'

그는 만족감 속에서 업무에 집중할 수 있었고, 그의 탁자에 수북이 쌓여 있던 문서들은 빠르게 읽혀지고, 정리되어 옆으로 치워지기 시작했다.

본래의 업무 처리 속도로 복귀한 것이다.

그런데 점심도 간단하게 죽으로 해결하며 일에 집중하던 홍문한의 미간이 찡그려졌다. 쉼 없이 문서를 넘기던 손도 멈춰졌다.

'아직도 돌아오지 않았다고?'

그가 읽고 있던 건 최근 당원들이 언제 나갔고, 언제 돌아왔는지에 관한 내용이 간단하게 적혀 있는 문서였다.

특별하게 중요한 내용은 아닌 것이다.

하지만 숨겨진 내막을 알게 되면 어떤 부분에서는 매우 중요해지는 경우도 있었으니, 홍문한이 주목하는 건 지역 탐문을 위해 외부로 나갔던 육호가 아직 돌아오지 않았다는 부분이었다.

육호는 특별히 그의 명을 받고 반룡복고당의 본거지를 알아내기 위해 려강에 침투한 일조장 고변책으로부터 정보를 건네받는 접선자였으니까.

'아무리 넉넉히 기간을 잡아도 삼 일 전에는 돌아왔어야 했는데……'

육호는 진작 자신을 찾아와 보고를 했어야 하는 게 정상이었다.

홍문한은 급히 백룡대에 관한 내용이 적힌 문서를 집어 들었다. 그리고 그 문서에서 천문당을 지원하기 위해 차출된 백룡무사 두 명이 아직 복귀하지 않았다는 부분을 찾아냈다.

'역시.'

복귀하지 않았다는 백룡무사 두 명은 그가 특별히 실력을 보고 뽑아 육호와 같이 보냈던 나정과 구태였다.

혹시나 하는 마음에 찾아본 것인데 역시나 육호처럼 그들도 행적이 묘연한 것이다.

'일조장에게 문제가 생겼나?'

아니면 육호가 접선 과정 중에 의심을 사게 되어 들킨 것인 지도 몰랐다.

하지만 그렇게 생각해도 의문은 계속 남았다.

'백룡무사가 두 명이나 있으니 육호가 도망치는 건 어렵지 않았을 텐데…….'

천문당 당원들은 위급한 상황에 처하면, 정보 보존을 위해 같은 편을 희생시키더라도 도주하는데 우선하도록 교육을 받 는다.

물론, 도주가 불가능하면 자살을 선택해야 하니, 도주한 게 당연하다고 단정지어 결론 내릴 수 있는 건 아니었다.

'하지만 아무리 생각해도 이상해.'

육호에게 문제가 생겼다면 일조장에게도 영향이 미쳤을 가 능성이 높았다.

즉, 눈치 빠르고 경험 많고 실력이 뛰어난 일조장이라면 위 험스런 분위기를 포착하자마자 귀환을 선택했을 테고, 지금쯤 거룡성에 도착했어야 하는 것이다.

'실패한 건가?'

고변책의 실력을 잘 알고 깊이 신임하고 있는 홍문한으로서는 믿기 어려운 일이지만, 세상에는 완벽한 계획도 완벽한 사람도 없는 법이었다.

'아무래도 대대적인 조사를 진행해야겠어.'

계획이란 최악의 상황까지 감안하여 진행한다는 개념을 가지고 있는 홍문한은 고변책과 육호 등이 모두 죽었다고 결론 내렸다.

그리고 최소 적룡대 정도는 려강에 파견해야겠다고 작정했다.

반룡복고당의 본거지를 알아내면 좋겠지만, 그럴 수 없다면 려강의 무리들이라도 깨끗하게 제거할 생각인 것이다.

'이걸 핑계로 성주님을 뵈어야겠군.'

적룡대 정도의 무력대를 대거 외부로 파견하려면 반드시 성주의 인가를 받아야 하기 때문이다.

홍문한은 아직도 수북이 쌓여 있는 문서들을 쳐다봤다.

'할 일이 많으니 서둘러 다녀와야겠어.'

그는 곧바로 자리를 털고 일어나 집무실을 나섰다.

*   *   *

승천루(昇天樓).

홍문한이 성내 가장 안쪽에 도착해 바라보는 건물은 화려하기 그지없는 오층 누각이었다.

사층까지는 벽이 있지만 가장 꼭대기 층은 거룡성을 한눈에 내려다볼 수 있게 사방이 탁 트여 있는 것이다.

게다가 승천루 사방에 조성된 인공 연못과 정자, 정원들은 이곳이 진정 무림문파인가 싶을 정도로 사치스러움이 가득히 묻어나는 풍경들이었다.

홍문한은 그러한 풍경들이 거슬리고 마음에 들지 않았지만, 그냥 쓴웃음을 짓는 것으로 불편한 심기를 대신 표출하는데 그쳤다.

"오셨습니까, 홍 당주님."

보룡대 대장 맹강배가 승천루 안에서 나오며 홍문한을 맞이했다.

'그래도 성주님 옆에 맹 대장이 있어 안심이 되는군.'

윗물이 맑지 않으면 아랫물 또한 흐려지는 게 이치.

하지만 다행스럽게도 맹강배는 성주에게 맹목적일만큼 충성스럽고, 고지식할 정도로 임무에 충실한 인물이라 주변 보안에 대해 걱정할 염려가 없었다.

"성주님은 안에 계십니까?"

그냥 형식적인 물음이었다.

내내 승천루를 떠나지 않았던 성주가 달리 어디 있을 수 있단 말인가.

"잠시 기다려주십시오."

맹강배는 상관 성주에게 방문을 알리겠다며 안으로 들어갔다.

사실 예전에는 방문을 알리고, 허락을 받는 등의 절차가 필요하지 않았다. 최소한 홍문한에게는 그랬다.

하지만 팔공산으로 이전하고부터는, 아니 정확히 한 달 전부터 달라졌다.

상관 성주가 승천루에 들어오기 위해서는 지위고하를 막론하여 미리 기별하고 사전에 허락을 받아야 한다고 공표한 것이다.

처음 그러한 변화를 먼저 주장한 것은 홍문한이었다.

거룡방이 거룡성이 되었고, 상관 성주의 위상도 남달라진 만큼 무엇보다 먼저 보안에 힘을 써야 한다고 말이다. 그러나 상관 성주는 그 말에 부정적인 입장을 보였다. 번거로운 절차라고 생각했기 때문이다.

헌데, 한 달여 전 갑자기 마음을 바꾼 것이다.

홍문한이 그 절차를 주장했던 만큼, 앞장서서 실천해 달라고 당부까지 하면서.

맹강배가 밖으로 나왔다. 그런데 그의 얼굴에는 난감한 기색이 보였다.

"홍 당주님, 조금 기다리셔야겠습니다."

"……?"

"먼저 오신 손님과 이야기가 길어지시는 거 같습니다."

먼저 온 손님?

홍문한은 내심 고개를 갸웃하며 물었다.

"누가 와 있었습니까?"

"삼궁주님께서 와 계십니다."

"······!"

삼궁주라 함은, 오행궁의 다섯 궁주 중 세 번째 서열인 요월
홍을 말하는 것이다.

'그녀가 왜······?'

요월홍은 상관미조와 약혼을 한 소궁주와 함께 팔공산에 와
있었다.

그러나 엄밀히 말해 그녀는 외인.

그도 모르게 성주를 찾아와 이야기를 하는 건 있을 수가 없
는 일인 것이다.

'게다가······.'

그녀는 요녀였다.

외모와 성정에 있어서 미와 색이 넘쳐나고, 또 그러한 자신
의 매력을 거침없이 노출시키고 사용하는 여인이었다.

"삼궁주가 언제부터 이곳을 드나들었습니까?"

"그것이······."

맹강배는 망설였다.

"성주님께서 함구하라 하셨습니까?"

"그건 아닙니다."

다만, 홍문한이 묻는 의도를 어느 정도 짐작하고 있었기에 대답하기가 민망스러워 그럴 뿐이었다.

게다가 아무리 상대가 홍문한이라고 해도 민감한 사안에 대해서 함부로 이야기했다는 걸 성주가 알면 입이 가볍다느니, 언행이 가벼운 자를 믿고 어찌 호위를 맡기겠냐느니, 하는 말을 하며 그의 충성심에 의구심을 드러낼 수도 있지 않겠는가.

홍문한은 맹강배가 망설이는 이유를 눈치채고 말했다.

"이 일은 우리 둘만 아는 것으로 하겠습니다."

결국 맹강배는 한숨을 내쉬며 말했다.

"대략 한 달 정도가 되었습니다."

"한 달이나?"

그렇다면 성주가 지위고하를 막론하고 자신과 만나려면 미리 기별하고, 사전에 허락을 받아야 한다고 공표했던 시기와 일치하지 않은가.

'허면, 그 절차를 주장했으니 앞장서서 실천해 달라고 내게 당부까지 했던 것은 삼궁주와 만나는 걸 알게 하고 싶지 않았기 때문이었나?'

충분히 그럴 수 있었다.

그가 예전부터 오행궁의 궁주들에게 틈을 보여서는 안 되며, 특히 삼궁주의 경우는 무슨 일이 있어도 가까이 하지 말라고 했었으니까.

'삼궁주를 보다 더 신경 쓰고 감시토록 했어야 하는 건

데…….'

그도 모르는 사이 거처까지 찾아와 성주에게 접근할 줄은 예상하지 못했다.

굳이 변명을 하자면 이전을 하고 개파식을 준비하느라 정신이 없었기 때문이다. 하지만 어떤 변명을 떠올리더라도 실수는 실수.

'이제부터라도 감시를 강화해야겠군. 그리고 삼궁주가 이런 식으로 몰래 수작을 부리고 있다면, 소궁주에 대해서 마음을 놓을 수 없지.'

홍무한은 두 사람 모두에게 천문당원을 배정하기로 결심했다.

이때 안에서 상관 성주가 나왔다.

"하하하, 오랜만에 아우가 날 찾아왔구나."

그는 양팔을 활짝 펴고 크게 웃었다.

하지만 홍무한은 그의 표정과 태도가 조금 과장되었다고 느꼈다.

마치 뭔가 감추고 있다는 것을 드러내지 않기 위해 고의로 너스레를 떠는 것처럼 보인다고나 할까.

그래서 기분이 좋지 않았다. 주종관계를 떠나 의형제로서 지금껏 이런 식으로 대면한 적은 없기 때문이었다.

"제가 들어가면 되는데 어찌 나오셨습니까."

"아, 그게 말이지……."

상관 성주는 말하기 곤란하다는 듯 어색하게 웃었다.

그리고 대답은 상관 성주가 아니라 그의 뒤쪽에서 나왔다.

"성주님께서는 마침 외출을 준비하시고 계셨답니다."

홍문한의 미간이 좁혀졌다.

상관 성주의 뒤에서 요월홍이 걸어 나왔다.

철저하게 훈련을 받은 보룡대 대원들의 시선을 한순간에 끌어 모으는, 심지어 맹강배까지도 얼굴을 붉히게 만드는 아름답고 관능적이라고 표현할 수밖에 없는 미모와 몸매.

게다가 목소리와 걸음걸이, 그리고 미소까지.

그녀는 말 그대로 치명적인 매력을 가진 여인이었다.

홍무한은 포권을 취하며 인사를 했다.

"오랜만입니다, 삼궁주님. 그런데 삼궁주님을 여기서 만나게 될 줄은 전혀 예상하지 못했습니다."

"만남이란 게 다 그런 것이 아니겠어요? 저도 홍 당주를 이곳에서 볼 줄은 몰랐지만, 자연스럽게 받아들이고 있잖아요."

요월홍은 마치 정실부인이라도 된다는 듯 당당히 상관 성주의 옆에 섰다.

'이 요녀가!'

홍문한의 눈썹이 꿈틀거렸다.

그녀와 상관 성주가 서 있는 곳은 세 계단이나 위.

자신은 윗사람을 마주한 것처럼 그녀를 올려다보고, 그녀는 아랫사람을 대하듯 깔아보고 있으니 기분이 좋을 리가 없는 것이다.

상관 방주가 말했다.

"너무 방 안에만 있었던 게 아닌가 했는데, 마침 삼궁주가 찾아왔지 뭔가. 그래서 함께 산책이나 좀 다녀올 생각이야. 아우도 같이 갈 테냐?"

하지만 홍문한은 가타부타 대답할 사이도 없었다.

"홍 당주가 얼마나 바쁜 분인데요. 오죽했으면 한 달이 다 되도록 성주님을 찾아오지도 못했겠어요. 아마 홍 당주가 밖에 나가 있으면 거룡성의 모든 업무가 마비되고 말 거예요. 그러니 괜히 바쁘신 분의 시간을 빼앗지 말고 시간이 남아도는 저하고 둘이서만 가요."

요월홍은 상관 성주의 어깨의 길고 가녀린 손을 올려 그의 시선을 자신에게 집중시키며 말했다.

그리고 묘한 의미가 담겨진 듯한 미소와 함께 눈웃음을 쳤다.

'저 요망한 것이!'

홍문한은 요월홍을 노려보았다.

그러나 상관 방주는 이미 그녀의 말에 넘어가 버린 상태였다.

"허험, 그렇겠구려. 삼궁주의 말대로 아우가 여기 없으면 안 되겠지. 할 수 없구나. 아우는 다음에 기회가 되면 같이 가도록 하자."

상관 방주는 맹강배에게 서둘러 마차를 준비하도록 지시하고, 요월홍의 손을 잡아주며 계단 아래로 이끌어주었다.

하지만 홍문한은 그냥 물러나지 않았다.

"긴히 드릴 말씀이 있습니다."

"나중에 이야기하면 안 되나?"

"지금 해야 합니다."

홍문한의 단호한 요청에 상관 방주는 난감하다는 표정을 지었다.

그의 말을 외면할 수도 없고, 요월홍이 옆에서 어서 가자는 듯 그의 팔을 부드럽게 쓰다듬는 것도 무시할 수 없었던 것이다.

'이렇게 불분명한 태도를 보이다니…….'

홍문한은 상관 성주의 태도에 화가 나면서도 어이가 없었다.

상관 성주는 깊이 생각하기보다 자신의 느낌에 따라 저돌적으로 밀어붙이는 유형이었다.

어떤 일에 대해 생각이 굳어지면 망설임 없이 결정하고 실행해 버리는 것이다.

겉보기엔 무골호인처럼 보이지만, 의외로 단호함을 지녔다고나 할까.

그러한 추진력으로 객관적 전력에서 우위에 있다고 하는 남궁세가와의 일전을 진행시켰고, 결국 모두의 예상을 깨고 승리로 이끌지 않았던가.

잔혹마 금명을 제거하는 것도 마찬가지였다. 그의 존재감이 아직 필요한데도 불구하고 마음을 굳히자 홍문한을 설득하면서까지 끝장을 본 것이다.

그런데 지금의 모습은 이전의 상관 성주가 아니었다. 이런 모습은 결코 안휘 최강 세력의 주인과 어울리지 않았다.

분명 요월홍이 안 좋은 영향을 주고 있다고 생각할 수밖에 없었다.

"그렇게 급한 이야기라고 하면 지금 하세요."

홍문한은 중재자라도 된 듯이 말을 하는 요월홍 때문에 가슴에서 불길이 일었다.

하지만 그의 분노한 시선에도 요월홍은 오히려 여유로운 미소만 지을 뿐이었다.

상관 성주가 그녀의 말에 동조하며 고개를 끄덕였다.

"그래, 마차가 준비된 곳으로 가는 동안 이야기를 들으면 되겠군."

"성주님과 둘이서만 나눠야 할 이야기입니다."

"홍 당주, 거룡성과 오행궁은 이제 같은 식구나 다름없잖아요. 하지만 내가 듣는 게 그리 우려가 되고, 기분이 나쁘다면 귀를 막고 있도록 할게요."

요월홍은 짐짓 실망스럽고, 안타깝다는 표정으로 자신의 귀를 양손으로 막으려 했다.

그러자 상관 성주는 그녀의 손을 잡으며 고개를 저었다.

"아니오, 삼궁주. 당신의 말대로 우린 이제 한 식구나 다름없는데 숨길 게 뭐가 있겠소. 아우야, 그냥 이야기해라."

홍문한은 그럴 수 없다고 반발하려고 했으나, 아무래도 지금은 그의 생각대로 될 것 같지 않아서 불만스런 속내를 드러내지 않았다.

'삼궁주, 오늘은 당신이 이겼어.'

하지만 다음에는 이런 식으로 당하지만은 않을 거라고 내심 다짐했다.

"지역 정찰을 나갔던 당원 한 명이 때가 되었는데도 돌아오지 않았습니다. 아무래도 뭔가 잘못된 거 같은 느낌이 들어 적룡대를 보내볼까 합니다."

"내가 듣기로 지난번에도 홍 당주의 수하 세 명이 지역 정찰을 나갔다가 종적이 끊겼다고 하지 않았나요? 이번에도 그들처럼 죽었다고 생각하는 건가요?"

홍문한은 살짝 미간을 찌푸렸다.

귀를 막는다고까지 했으면서 바로 끼어들어 버린 것도 짜증나지만, 십칠호 등에게 이조장 정능개를 죽인 흉수를 쫓으라고 보냈던 일에 대해 그녀가 알고 있다는 것이 더 신경에 거슬렸다.

'하긴 알고 있는 게 당연한 건가.'

자신들이 그러하듯 오행궁도 은밀히 거룡성의 동태를 감시하고 있다는 게 이상한 일은 아니었다.

두 세력이 쓸데없는 희생과 전력 낭비를 없애고자 혼약을 핑계로 삼아 동맹을 맺었지만, 동맹이 영원하리라 믿는 사람은 아무도 없었다.

즉, 오행궁도 안휘 최강 세력이 되기 위해 힘을 기르고 기회와 때를 기다리고 있으며, 그들에게 있어서 가장 큰 장애물은 거룡성이니 예의주시하고 있는 게 당연한 것이다.

아마도 요월홍이 거룡성에 들어와 있고, 상관 성주에게 접근한 것도 내부 사정을 속속들이 알고자 하기 때문일 가능성이 높았다.

홍문한은 말했다.

"그저 연락이 되지 않을 뿐, 그들의 생사는 아직 뭐라고 단정 지을 수가 없습니다."

"그런가요? 홍 당주가 수하들에 대해서 그 정도로 믿음을 가지고 있다니 신기하네요. 나 같은 경우에는 그렇게 오래 연락이 끊기면 그냥 죽었다고 생각하고 관심을 끊어 버린답니다. 아니면 혹시 홍 당주는 그들이 죽은 게 아니라 도망친 걸로 생각하는 게 아닌가요?"

"천문당원들은 거룡성과 성주님께 충성심을 가지고 있기 때문에 그럴 리 없습니다."

"성주님과 거룡성에는 충성할지 모르지만, 홍 당주에게는 아닐지도 모르죠."

홍문한은 웃었다.

그러나 결코 즐거워서 웃는 게 아니었다.

'감히 나의 능력을 깔아뭉개려고 하다니.'

의도가 뻔히 보였고, 그래서 속에서는 분노와 살기가 끓어 올랐다.

하지만 겉으로는 신경도 쓰지 않는다는 듯 담담한 표정을 유지했다.

"삼궁주님은 이상한 농담을 하시는군요."

"그냥 웃어보자고 한 말인데, 이상했나요?"

요월홍도 그처럼 담담하게 미소를 지어보였다.

두 사람의 분위기가 영 이상하다고 생각한 상관 성주는 얼른 중간에 끼어들었다.

"아우야, 그 문제는 돌아와서 대답을 해줘도 되겠지?"

홍문한은 지금 당장 확답을 듣고 싶었지만 요월홍을 의식해 고개를 끄덕였다.

"물론입니다."

마침 맹강배가 나타나 마차가 준비되었다고 하자, 상관 성주는 그럼 나중에 보자면서 요월홍과 함께 떠났다.

두 사람이 시야에서 사라질 때까지 지켜보고 있던 홍문한은 딱딱하게 굳어진 얼굴로 자신의 집무실 쪽으로 걸음을 옮겼다.

"의숙부님."

고개를 숙인 채 깊은 생각에 빠져서 걷고 있던 홍문한은 고개를 들고 오른쪽을 돌아봤다.

두 명의 시녀들을 거느린 상관미조가 그에게 다가오고 있었다.

"무공 수련을 하고 온 모양이구나."

무복을 입었고, 시녀들은 각기 검과 수건을 들고 있었기 때문에 가능한 추측이었다.

"맞아요. 아버님께 다녀오시는 길인가요?"

"그래."

"요즘 두문불출 하시느라 통 뵐 수가 없었는데 저도 한 번 가봐야겠네요."

"지금은 가도 만날 수가 없다."

"……?"

"방금 전 외출하셨다."

"그래요? 어딜 가신 거죠?"

"그건 나도 모르겠구나."

상관미조의 얼굴에 의아함이 떠올랐다.

부친이 홍문한에게 목적지도 알리지 않고 나갔다는 건 이해할 수 없는 일이기 때문이었다.

그러나 곧 뭔가 짐작되는 게 있다는 표정으로 물었다.

"혹시 삼궁주와 함께 나가셨나요?"

"......!"

"놀라실 거 없어요. 삼궁주가 승천루를 드나들고 있다는 것 정도는 진작 알고 있었으니까."

"어떻게 알았느냐?"

자신도 알지 못했던 걸 상관미조가 알고 있다는 게 신기해서 묻는 것이었다.

상관미조는 뒤에 선 시녀들을 눈짓하며 말했다.

"이런 일에는 천문당원들보다 시녀들이 더 쓸모가 있다는 걸 모르시는군요."

홍문한은 내심 제법이라고 생각했다.

잔혹마 제거 계획을 스스럼없이 받아들이고 당당하게 수행해 성공시켰을 때부터 알아보았지만, 확실히 비범한 구석이 있었다.

다만, 여자라는 점 때문에 상관 성주에게 중용되지 못하고 있을 뿐이었다.

'나 역시 다를 게 없지.'

그도 상관미조가 뛰어나다는 걸 알면서도 모른 척하지 않았던가.

하지만 오늘 요월홍과 신경전을 벌이면서 깨달았다. 그의 곁에 여자의 심리를 꿰뚫어 볼 수 있는 사람이 있어야 한다는 것을.

상관미조가 딱 부합되는 사람이었다.

홍문한은 물었다.

"기분 상하지 않았느냐?"

"영웅은 호색하다고 하잖아요. 삼궁주를 처음 보고 언젠가 아버님과 일이 생길 거란 걸 알았어요."

이미 다섯 명의 첩을 거느리고 있으니, 상관미조에게 별달리 충격적인 일도 아닐 것이다.

"그동안 격조했으니 언제 밥이나 한 끼 하자꾸나."

하지만 상관미조는 고개를 내저었다.

"전 의미 없는 약속 같은 건 하지 않아요. 시간 낭비일 뿐이에요. 차라리 그럴 시간에 검을 휘두르는 게 낫죠."

"허면, 천문당에서 네가 할 일이 뭐가 있을까에 대한 이야기를 나누며 식사를 하는 건 어떠하냐?"

상관미조는 눈에 이채를 띠었다.

"진심으로 하는 말씀인가요?"

"내가 언제 네게 허튼 소리를 하더냐?"

상관미조는 웃었다.

천문당의 당주로서 계략을 짜고, 적들을 무너트리기 위해 중상모략을 꾸미는 사람이 허튼 소리를 하지 않는다고 당당히 말을 하다니.

하지만 그의 말대로 그녀에게는 한 번도 허튼 소리를 한 적이 없었다.

"좋아요."

"내일 점심 때 천문당으로 찾아오거라."

"알겠어요."

홍문한은 약속을 잡자마자 천문당으로 향했고, 상관미조는 흡족한 얼굴로 멀어지는 홍문한의 뒷모습을 끝까지 바라보았다.

'드디어!'

그녀는 내심 흥분했다.

잔혹마를 제거하는데 크게 일조를 했음에도 그저 성주의 딸로서 정략결혼이나 해야 하는 처지였는데, 이제는 자신의 능력을 발휘할 기회가 온 것이다.

'어머니처럼 남자의 등만 쳐다보며 순응하고만 사는 여자는 되지 않을 거야.'

그녀는 작고한 모친을 사랑했지만, 그녀의 삶에 대해서는 부정적인 생각을 가지고 있었다.

그리고 자신은 그런 삶을 살지 않겠다고 어릴 때부터 다짐해 왔던 것이다.

'천문당을 통해 거룡성의 모든 정보를 손에 쥐고, 그 정보들을 활용해 거룡성의 주인이 되겠다.'

아직 아무것도 정해진 건 없었지만, 그녀는 확고한 포부를 마음에 새겼다.

기분이 좋아진 상관미조는 한층 밝아진 표정으로 걸음을 옮기다가 우뚝 멈춰 섰다.

시녀들이 그녀를 따라오지 않고 있었기 때문이다.

"뭣들……."

화를 내려던 상관미조는 입을 다물었다.

시녀들이 얼굴을 붉히며 바라보는 방향에서 그녀의 약혼자가 걸어오고 있었던 것이다.

오행궁 소궁주 백염비.

사내이면서도 어느 미인 못지않게 아름다운 얼굴.

나이와 신분을 떠나 그를 본 모든 여인들을 감탄과 황홀경에 빠지게 만드는 절세의 미남자.

그래서 별호가 옥기린(玉麒麟)이었다.

게다가 아무런 감정도 느낄 수 없는 투명한 눈동자와 세상사에 관심 없다는 듯 무미건조한 음성까지, 머리부터 발끝까지 그의 모든 것은 여심을 자극하는 묘한 매력을 발산하고 있었다.

무림 전체를 따져 봐도 손에 꼽힐 만큼 아름답다고 하는 상관미조조차 처음 그를 보았을 때 마음이 흔들릴 정도였으니, 백염비의 외모와 매력에 대한 평가는 어떤 미사여구를 동원하더라도 부족할 것이다.

하지만 이상하게도 그를 바라보는 상관미조의 눈동자는 차가웠다. 어찌 보면 자신보다 아름답고, 매력적인 여인을 질투

하는 눈빛 같기도 했다.

그녀는 퉁명스럽게 인사를 건넸다.

"오랜만이네요."

약혼까지 한 사이에 이런 식의 인사라니.

하지만 대꾸하는 백염비 역시 그녀와 다를 바 없었다.

"그렇구려. 잘 지냈소?"

"잘 지냈죠. 소궁주는요?"

"잘 지냈소."

"……."

"……."

많은 말이 오간 것도 아닌데 두 사람 사이에는 어색한 침묵
이 감돌았다.

사실 이러한 침묵은 상대적으로 상관미조에게 더 당혹스럽
고, 난감한 것이었다. 지금껏 남자들이 그녀의 기분을 맞추기
위해 말을 했지, 그녀가 반대의 입장이거나 지금과 같은 침묵
을 겪은 적이 없었으니까.

심지어 안휘 최고의 악명을 떨치던 잔혹마까지 그녀를 위해
서 수고를 마다하지 않았다는 걸 감안한다면, 굴욕적이라고까
지 말할 수 있는 상황인 것이다.

하지만 백염비는 상관미조의 입장을 전혀 생각하지 않았다.

"난 이만 가보겠소."

"그러세요."

백염비는 끝내 정감 어린 말 한 마디 건네지 않고 자리를 떠
나갔다.

　떠나는 그를 바라보는 상관미조의 표정은 싸늘했다. 그녀의
내면에는 분노와 섭섭함이 동시에 휘몰아치고 있었다.

　그러나 시녀들은 그렇게 떠나가는 백염비의 뒷모습조차 황
홀할 만큼 멋지다는 듯 멍해진 얼굴로 그녀들만의 개인적인
상상에 빠져 들어갔다.

　상관미조는 어이가 없다는 듯 시녀들을 바라보며 말했다.

　"소궁주가 부르면 당장이라도 달려갈 것 같구나."

　"그거야 너무도 당연하……!"

　시녀들은 반사적으로 대답을 하다가 얼른 입을 다물었다.

　상관미조의 눈동자가 차갑게 일렁였다.

　"사내의 얼굴이 반반하기만 하면 아무에게나 가랑이를 벌려
주겠다는 거냐!"

　"죄, 죄송합니다, 아가씨."

　"소녀들이 멍청하여 생각 없이 말을 한 것이니 용서하셔
요."

　시녀들은 무릎을 꿇고 엎드려 용서를 빌었다.

　"앞으로 지금처럼 값싼 창기들 마냥 행동하면 네년들의 얼
굴을 짓이겨서 내다 버릴 것이다. 알겠느냐!"

　겁에 질린 시녀들은 낯빛이 시체처럼 창백해져 명심하겠다
고, 다시는 실망시켜드리지 않겠다고 머리를 조아리며 대답했

다.

"쓸모없는 것들."

상관미조는 그대로 돌아서 빠른 걸음으로 그녀의 거처로 향했고, 시녀들은 서로를 쳐다보며 눈치를 살피다 얼른 일어나 그녀의 뒤를 쫓아 달려갔다.

*　　　*　　　*

떠난 줄 알았던 백염비는 멀리서 상관미조와 시녀들의 모습을 은밀히 지켜보고 있었다.

'아직 무르익으려면 멀었어.'

그의 입가에 음흉한 미소가 지어졌다.

그 작은 변화만으로도 차가우면서도 투명한 느낌의 얼굴이 완전히 다르게 보였다.

조금 더 어둡고, 음침하고, 음산한.

하지만 그래도 황홀한 미남자라는 건 변함이 없으니, 그의 외모는 진정 하늘이 내려준 게 분명한 모양이었다.

'조금만 기다려라. 곧 네년도 내 앞에서 무릎을 꿇고 안아달라 애걸을 하게 될 테니까.'

그가 상관미조에게 차갑게 굴고, 정감 어린 말 한 마디 하지 않는 것에는 다 이유가 있었다.

그녀처럼 사랑만 받고, 자신이 최고인 줄 아는 여인들은 치켜세워주는 것으로는 호감을 줄 수 없었다. 오히려 무시하고, 외면하고, 별로 신경 쓰지 않는 행동을 해야 관심을 끌 수 있었다.

특히 자신과 같은 미남자가, 그것도 약혼자가 그러하다면 더욱 큰 효과를 발휘할 것이다.

그의 사부 중 한 명이기도 한 요월홍에게 여인의 심리를 완벽하게 교육받고, 많은 여인들을 상대로 확인한 이론이기 때문에 절대 틀릴 리가 없었다.

'네년은 결국 내 노리개가 될 것이야.'

백염비는 상관미조가 사라진 방향을 일별한 뒤, 얼굴에서 음흉한 미소를 지우고 이전의 차갑고도 투명한 얼굴이 되어 그의 거처로 향했다.

그가 가는 길에는 여인들의 시선이 끊이질 않았다.

모든 여인들이 그를 주목했고, 그의 시선을 받길 원했고, 그와 이야기하길 바라고 있기 때문이다.

하지만 그들은 백염비의 관심을 끌지 못했다.

마음만 먹으면 어떤 여인이든 품에 안을 수 있는 그에게 있어 여인이란 존재는 어디서나 볼 수 있는 나무처럼 흔해서 식상함만 느끼게 했고, 그래서 관심을 끌 만한 여인은 매우 드물 수밖에 없는 것이다.

물론, 아주 없다는 건 아니었다.

이를테면……

"네 이름이 무엇이냐?"

백염비는 어딘가 급히 가고 있는 듯 홀로 총총히 뛰어가던 시녀를 불러 세워 물었다.

이제 갓 열다섯 쯤 되었을까 싶은 어린 시녀는 거룡성의 모든 여인들이 선망하는 그가 이름을 묻자, 당황과 부끄러움과 기쁨으로 인해 얼굴이 붉어져서 감히 고개도 들지 못했다.

하지만 이런 순간은 그녀의 평생에 있을까 말까 한 기회였기에 얼른 대답했다.

"이설이라 하옵니다."

"얼굴만큼 예쁜 이름이구나."

생각도 못한 칭찬에 이설의 얼굴은 더욱 붉어졌다.

사실 그녀는 백염비에게 칭찬을 받을 정도로 예쁜 외모가 아니었다. 상관미조와 비교하면 달빛 앞에 반딧불 정도밖에 되지 않았다.

하지만 백염비가 관심을 두는 건 그녀의 외모가 아니었다.

그는 주변을 살펴 아무도 보고 있지 않다는 걸 확인하고 말했다.

"따라 오거라."

"예? 하지만……."

이설은 그녀가 시중을 드는 상전의 명을 받고 물건을 가지러 가는 중이었다.

"걱정 말거라. 너에게 탈이 없도록 내가 보호해 줄 것이다."

106

백염비는 살짝 미소를 지어보이며 이설의 어깨를 부드럽게 감싸 안고 앞으로 이끌었다.

　꿈과 같은 상황에 머릿속이 멍해져 버린 이설은 상전의 명도 잊어버리고 백염비가 이끄는 대로 따라가 그의 거처에 도착했다.

　"자, 이리로."

　백염비는 시녀와 함께 자신의 방으로 들어갔고, 그녀를 침상으로 이끌어 앉혔다.

　그리고 탁자로 가서 차를 따르는데, 그의 손끝에서 미량의 하얀 가루가 같이 잔 속으로 떨어졌다.

　"향이 좋으니 마셔 보거라."

　앞으로 일어날 일들에 대한 두려움과 기대감으로 인해 두근거리는 가슴을 주체하지 못하고 있던 이설은 조심스레 잔을 받아들고 한 모금을 마셨다.

　"어떠하냐?"

　"나리의 말씀대로 향이 정말 좋습니다."

　"입에 맞는 것 같아 다행이구나. 천천히 다 마시거라."

　"예, 나리."

　백염비는 이설이 잔을 비우는 걸 끝까지 가만히 지켜보았다.

　"다 마셨느냐?"

　"예, 나리."

"잔을 이리 주거라."

"아닙니다. 소녀가 치우겠습니다."

"괜찮다."

백염비는 잔을 받아 탁자에 가져다두고 다시 돌아와 그녀의 옆에 앉았다.

이설은 백염비가 옆에 바짝 붙어 앉자 몸 둘 바를 몰랐다.

게다가 웬일인지 몸에서 열이 나기까지 해서 당혹스럽기 그지없었다.

"더우냐?"

"아닙니다, 나리."

"더우면 옷을 벗으려무나."

백염비는 대답도 듣지 않고 손을 뻗어 이설의 겉옷을 벗기기 시작했다.

그의 의도가 너무나 직설적이고, 명백했기 때문에 이설은 당혹감과 두려움을 느꼈다. 그런데 그는 겉옷만 벗겼을 뿐 그녀가 예상하는 그 이상의 행동은 하지 않았다.

그저 어깨에 손을 얹고 부드러운 음성으로 물었다.

"네 이야기를 들어보고 싶구나. 너는 어찌 이곳에 들어오게 되었느냐?"

"저는……."

이설은 부친의 도박 빚 때문에 열 살 무렵 지금 모시는 상전의 몸종으로 팔려온 것부터 시작해 오 년 동안의 삶에 대해 이야기했다.

그녀는 스스로 놀랄 만큼 솔직하게, 모든 것을 이야기하고 있었다.

"그동안 참으로 힘들었겠구나."

백염비의 위로 어린 말에 이설은 갑자기 울컥해져 눈물을 흘렸다.

그녀는 복받치는 감정을 주체할 수 없었다. 마치 참고 참았던 지난날들의 슬픔과 괴로움이 한 번에 분출되어 버리는 기분이었다.

"그래, 울거라. 마음껏 울면 가슴이 후련해질 것이다."

백염비는 이설을 감싸안았다.

이설은 거부하지 않고 그의 품에 안겨들었다. 그리고 울고, 또 울었다.

그렇게 한참을 울고 나자 이설은 진정 후련함을 느꼈다. 그리고 백염비의 품에 안겨 있다는 걸 새삼 깨달은 그녀의 심장이 거세게 뛰기 시작했다.

하지만 부끄럽다거나, 두렵다거나 하는 감정은 생기지 않았다.

'내가 왜 이러지?'

백염비의 품에서 벗어날 수 없었다.

아니, 벗어나고 싶지 않았다. 이대로 영원히 안겨 있고 싶었다. 백염비의 손이 그녀의 등을 부드럽게 쓰다듬는데도 전혀

거부감이 들지 않았다. 오히려 더욱 더 쓰다듬어주길 바라는
마음만 커졌다.

"참으로 어여쁘구나."

백염비는 이설의 귀의 속삭였고, 그녀는 가슴 저 밑바닥에
서 아찔한 무언가를 느꼈다.

그것은 기분 좋은 자극이었다. 한 번 더, 한 번만 더 생겨났
으면 좋겠다는 생각이 드는 자극이었다.

그래서 백염비가 그녀를 침상에 눕히고 옷을 벗겨 가는데도
아무런 저항도 하지 않았다. 도리어 그가 손쉽게 벗길 수 있도
록 팔을 올리고, 엉덩이를 들어주었다.

어느새 그녀는 나신이 되어 버렸다.

백염비의 입가에 만족스런 미소가 생겨났다.

굴곡은 아직 완성되지 않았고, 꽃봉오리는 아직 피어나지
않았지만, 그래서 더욱 그를 흡족하게 했다.

이설은 아직 사내를 경험하지 않은 숫처녀이기 때문이다.

그는 옷을 벗었다. 그리고 이설의 몸을 어루만졌다. 하지만
그 손짓은 성적인 애무가 아니었다. 뭔가 다른, 추궁과혈과 비
슷한 손놀림이었다.

그런데 이설은 그의 손놀림을 따라 출렁였고, 얼굴에는 환
희와 쾌락이 버무려진 표정이 지어졌다 사라지길 반복했다.

적지 않은 공력을 소모하는 듯 백염비의 얼굴빛도 이설의
얼굴처럼 붉게 물들어갔다.

'되었다.'

백염비는 갑자기 손을 멈추었다.

이설은 이미 이성을 상실한 상태였고, 육체적으로도 그를 받아들일 준비를 갖추었기 때문이었다.

그는 이설의 몸 위로 올라탔다. 그리고 교합을 시작했다. 헌데, 그의 몸놀림은 격정적이거나, 흥분에 가득 찬 것 같아 보이지 않았다.

물레방아가 돌아가듯 기계적이었다.

하지만 그의 눈동자는 달랐다. 점점 충혈되어 가더니, 강렬한 빛을 발해갔다.

상대적으로 이설의 눈동자는 흐릿해지고, 빛을 잃어가고 있었다. 얼굴에서도 생기가 사라져갔다.

채음보양(採陰補陽).

백염비가 이설을 유혹하여 방 안으로 끌어들인 것은 세상에 알려지면 색마로 몰려 공적이 될 수 있는 사악한 수법인 채음보양으로 공력을 쌓기 위해서였던 것이다.

"으……."

백염비는 갑자기 몸을 부르르 떨었다.

일상적인 배출의 자극 때문이 아니었다. 이설의 몸에서 더 이상 빨아들일 것이 없게 되면서 생겨나는 진한 갈증의 표현이었다.

백염비는 일어나 앉았다.

이설의 용모는 더 이상 열다섯의 소녀라고 생각할 수 없는 상태였다.

피부는 마른 풀처럼 쪼그라들었고, 눈에선 생기가 없었다. 호흡도 미약해서 금방이라도 끊어질 듯했다.

하지만 백염비는 신경도 쓰지 않았다.

지금 그에게는 이설의 몸에서 빨아들인 음의 선천지기를 양의 기운으로 변환하여 단전에 안착시키는 것이 무엇보다 중요하기 때문이다.

그는 가부좌를 하고 눈을 감은 채 운기행공에 빠져 들어갔다.

"후……."

한식경에 걸친 운기행공을 끝낸 백염비는 길게 숨을 내뱉으며 눈을 떴다.

그의 입가에 만족감이 일었다. 양기가 섞이지 않은 숫처녀의 기운을 흡수한 만큼 공력의 증대가 예상보다 더욱 컸던 것이다.

하지만 아직 끝난 건 아니었다. 채음보양은 정상적으로 내공을 쌓는 방법이 아니기에 후유증이 없으려면, 석 달 동안은 꾸준히 운기행공을 하며 흡수한 음기를 정제해야 하기 때문이다.

채음보양은 쉽게 공력을 쌓게 해주지만, 나름 시간과 노력이 필요한 것이다.

백염비는 침상에서 일어나 나오며 말했다.

"치워라."

누구에게 말을 한 것일까?

갑자기 천장에서 검은색의 복면인이 떨어져 소리 없이 바닥에 내려섰고, 송장이나 다를 바가 없는 이설을 어깨에 들쳐 업었다.

복면인은 의자에 앉아 차를 마시는 백염비에게 머리를 숙여보이고는 천장으로 솟구쳐 사라졌다.

"나리."

복면인이 사라지고 얼마 있지 않아 한 명의 시녀가 방 앞에 나타났다.

"들어오너라."

백염비의 허락을 받고 들어선 시녀는 곧장 그의 앞에 무릎을 꿇었다.

그리고 오늘 거룡성에서 어떤 일들이 있었는지, 그녀가 보고 들었던 모든 이야기들을 말했다.

그녀는 백염비를 하늘처럼 받드는 시녀들 중 한 명이었다.

그가 원하기만 하면 목숨을 버리는 것도 두려워하지 않을 만큼 깊이 빠져 있었다.

백염비는 시녀의 이야기를 들으며 생각했다.

'기회를 봐서 상관미조의 시녀들 중 하나를 손에 넣어야겠어.'

그의 입가에 음흉한 미소가 지어졌다.

차가우면서도 투명한 느낌의 얼굴이 살짝 어둡고, 음침하고, 음산하게 물들어갔다. 하지만 그를 올려다보는 시녀의 얼굴에 피어난 황홀감은 조금도 사라지지 않았다.

그는 진정 하늘이 내린 절세의 미남자였으니까.

第二十六章

반악은 려강으로 돌아가기 위해 무위를 떠났다.

하지만 그의 곁에는 견일 등만 있지 않았다. 죽지 않기 위해 십 년의 충성을 맹세한 염서성도 함께 려강으로 향했다.

*　　　*　　　*

견일이 마부가 되어 끌고 있는 앞쪽의 지붕 있는 마차에는 반악만 타고 있었고, 그 뒤를 따르는 지붕도 없는 마차에는 견이와 견삼 그리고 염서성이 타고 있었다.

반악이 조용히 가기 위해 마차를 따로 마련한 것이다.

"어이, 막내. 언제까지 뾰로통해 있을 거야. 이제 그만 인상 좀 펴라고."

마차를 몰고 있던 견삼이 힐끔 돌아보며 하는 말에 일그러진 얼굴로 한숨을 푹푹 내쉬고 있던 염서성이 고개를 들고 그의 뒤통수를 싸늘하게 노려보았다.

"지금 나보고 막내라고 한 거냐?"

"맞아. 들어온 순서로 보면 네가 막내거든."

염서성은 코웃음을 치며 물었다.

"그럼 실력 순으로 하면?"

조롱 섞인 도발이었다.

하지만 견삼도 녹록한 인물은 아니었다.

"그래도 네가 막내지."

"지금 네가 나보다 강하다는 거냐?"

"확인해 볼래?"

"나야 좋지."

염서성의 눈동자에 살기가 어렸다.

내상과 상처가 아직 낫지 않은 상태였지만 견삼 쯤은 충분히 때려눕힐 자신이 있었으니까.

뒤돌아보는 견삼 역시도 눈동자에 살기를 띠우며 투지를 불태웠다. 허나, 내심으로는 긴장하고 있었다. 염서성이 반악과 맞서 싸웠던 모습을 떠올리면 자신의 실력이 한 수 떨어지는 걸 부정하기가 어렵기 때문이다.

염서성이 정상적인 몸 상태가 아니란 걸 감안하면 간신히 동수 정도가 될까. 그것도 수단방법을 가리지 않고 싸워야 할 것이다.

하지만 견이가 개입하면서 분위기는 달라졌다.

"하극상은 용납 못해."

"하극상?"

염서성은 황당하다는 듯 반대편에 기대앉아 자고 있는 것처럼 보였던 견이를 매섭게 쳐다봤다.

"언제부터 내가 네놈들의 밑에 있었다고 하극상이냐?"

견이는 감고 있던 눈을 뜨고 염서성의 시선을 똑바로 마주하며 말했다.

"네가 주인님께 패배하고 충성을 맹세한 뒤부터 이미 서열은 결정된 거야."

"그거야 네놈들 생각이고, 난 인정 못하지."

"그럼 우리 셋을 동시에 상대해야 할 거다."

"……"

염서성은 말문이 막혔다.

설마 노골적으로 협공을 하겠다고 협박을 할 줄이야.

'이 자식들은 자존심도 없나!'

지금 몸 상태로는 셋을 상대로 이길 수 없었다.

솔직히 몸이 멀쩡한 상태라고 해도 견일 등의 합공을 막아낼 수 있을까, 하는 의문이 들 정도였다.

그는 살짝 자존심이 상했지만 어쩔 수 없이 반악의 존재를 끄집어냈다.

"주인님이 너희들의 협공을 용납할 거 같냐?"

견이와 견삼은 어쭙잖은 농담을 들었다는 것처럼 피식 웃었다.

"용납? 넌 아직 주인님을 몰라서 그래. 주인님은 강자보다 살아남은 자를 인정하시는 분이야. 비열하고, 치사해도 이기는 싸움을 해야 하는 거지. 그러니 우리가 협공을 해서 널 뭉개 버리면 오히려 좋은 선택이었다고 칭찬하실걸."

"……."

"그냥 인정해라. 오히려 막내라고 불리는 걸 감사해. 계속 반항하면 네 이름까지 바꿔 부른다."

"……?"

"뭔 소리인지 몰라? 앞의 마차를 모는 사람이 견일, 내가 견삼, 그리고 얘가 견이야. 그게 우리 이름이라고."

염서성은 이들의 이름을 지금 처음 들어보았다.

그리고 이름에 개 견(犬)자가 들어간다는 말을 듣고 경악했다. 어찌 사람을 개라고 부를 수 있단 말인가.

게다가 그런 치욕스런 이름을 당당히 밝힐 수 있는 견일 등도 이상하게 보이기는 마찬가지였다.

견삼은 염서성의 표정을 보지 않고도 그가 무슨 생각을 하고 있는지 다 안다는 듯 말했다.

"우리라고 이런 이름을 쓰는 게 좋을 리가 있겠냐. 하지만 선택의 여지가 없어. 정말 할 수만 있다면 거부하고 싶다고. 하지만 그게 안 돼. 거부? 그런 거 없어. 왜냐고? 주인님이 지어준 거니까. 주인님이 쓰라면 써야 하는 거야."

"……."

"그러니까 원래는 네 이름이 견사가 되어야 하는 거지. 사자가 붙으면 좀 그러니 견오라고 불릴 수도 있고. 물론, 지금은 주인님이 그 점을 생각 안 하시는 거 같은데, 우리가 만약 너를 견사 혹은 견오라고 부르면 어떻게 될까? 당연히 주인님도 부르기 편하다며 널 견사나 견오라고 부르게 될걸."

"헛소리하지 마! 엄연히 내 이름이 있는데, 그런 괴상한 이름으로 왜 불러! 절대 그렇게 부를 리가 없어!"

"그래? 그럼 시험해 볼까? 우리가 주인님 앞에서 견사라고 부르면 어찌 반응하실지 확인해 볼래? 아니면 견오라고 불러줄까?"

"……."

염서성은 입만 우물거릴 뿐 그렇게 해보라고 맞받아칠 수 없었다.

왠지 견삼의 말처럼 될 것 같다는 불길한 느낌이 강하게 들었기 때문이다.

"그리고 한 가지 더 조언을 하자면, 입모양으로 대화하는 법도 배워야 할 거다."

"......?"

"마차를 따로 준비할 때부터 너도 눈치챘겠지만, 주인님은 옆에서 시끄럽게 떠드는 걸 좋아하지 않으시거든. 그래서 우린 소리 없이 대화하는 게 익숙해."

"......"

"생각이 있으면 가르쳐 달라고 해. 우린 마음이 넓은 사람들이거든. 알아듣겠지, 막내?"

염서성은 대꾸하지 않았다.

막내라 불렀다고 화를 내지도 않았다. 그는 그냥 울화가 치솟는 걸 억누르고 견삼의 시선을 외면한 채, 일정한 속도로 달리는 마차의 흐름을 따라 스쳐가는 경관을 뚫어질 듯 바라보기만 했다.

*   *   *

반악 등이 탄 마차는 청운객잔에 도착했다.

"어서 오십시오! 마차를 맡아 드릴까요?"

마차 밖으로 나온 반악은 내심 고개를 갸웃했다.

밖으로 뛰어나와 말의 고삐를 쥔 점소이의 얼굴이 낯설었기 때문이다. 반룡복고당의 당원이 아닌 것이다.

점소이는 아무 말도 않고 빤히 쳐다보는 반악이 그의 말을 듣지 못했다고 생각한 모양이었다.

"손님? 객잔에 묵으실 생각이시라면 마차를 제게 맡기시라고 말씀드렸습니다."

반악은 물었다.

"넌 누구냐?"

"예?"

"이전에는 네가 여기서 일하는 걸 본 적이 없다."

점소이는 잠깐 움찔하더니만, 뭔가를 눈치챈 듯이 가까이 다가와 조용히 물었다.

"혹시 열혈당의 금당원이십니까?"

금당원은 열혈당을 만들면서 정한 세 가지 계급에서 반룡복고당의 당원만이 될 수 있는 상위 계급이었다.

그러니까 금(金), 은(銀), 백(白)으로 계급과 지위를 구분해 부르는데, 반룡복고당 당원은 무조건 금당원, 반룡복고당 당원은 아니지만 능력을 인정받으면 은당원, 그리고 일반 조직원은 백당원이 되는 것이다.

"맞다."

"소인은 이번에 입당하여 백당원이 된 모정배라고 합니다."

그는 지난번 혈맹파의 조직원들과 싸우다가 육 씨 형제 덕분에 죽음을 면한 전 청사파 조직원 모정배였다.

그는 친구들의 도움으로 모종의 은신처에서 치료에 전념했고, 몸 상태가 나아지자마자 청운객잔을 찾아와 입당을 했다. 그리고 백당원은 열혈당이 소유하고 있는 객잔과 주점 등에서

의무적으로 일을 해야 한다는 규칙에 따라 청운객잔에서 일을 하고 있는 것이다.

그는 반악이 무위에 있던 중에 입당했는지라 서로 얼굴을 모르는 게 당연했다.

모정배 말고도 일곱 명의 청년이 열혈당에 입당하여 백당원이 되었다. 적당한 시기에 나서서 혈맹파 조직원들의 행패를 막자, 많은 사람들이 그들을 의협에 뜻을 둔 무리로 여기게 되었기 때문이었다.

또한 행패를 부리지도 않고, 보호비 명목으로 받는 돈도 이전 청사파보다 적어서 상인들이 그들을 바라보는 인식 또한 좋았다.

강학청이 의도했던 계획대로 된 것이다.

객잔 안에서 한 명의 중년인이 나오며 반갑게 인사를 건넸다.

"아, 반 소협! 오랜만이오!"

그의 이름은 매우생으로 반룡복고당의 당원이었다.

"이번에 내가 청운객잔을 인수했소이다. 그래서 일하는 사람들도 모두 바뀐 거라오."

매우생은 안에 있는 손님들과 지나는 이들의 이목을 의식한 듯 반악을 손님처럼 대했다.

반악은 그의 의도를 알아채고 물었다.

"그럼 전주인은 어디로 갔소?"

"전주인은 여길 팔고 중심가에 기루와 주점을 하나씩 사서 새로운 장사를 시작했소. 그동안 돈도 꽤 벌었는지 장원도 하나 구입해 가족들과 거기서 지낸다고 하더이다. 반 소협도 잘 아실 거요. 봉조장원이라고."

전주인이라 함은 강학청을 말하는 것이고, 전주인이 샀다는 기루와 주점, 그리고 장원은 부용설에게서 받기로 한 것들이었다.

그가 무위로 떠난 사이에 완전히 이양받은 모양이었다.

'근거지를 장원으로 옮긴 모양이군.'

일단 장원의 이름부터 예사롭지 않았다.

봉조라 함은 봉황을 이르는 것이고, 봉황은 용을 잡아먹는 전설의 새이니 거룡성을 타도하려고 모인 반룡복고당의 목적을 간접적으로 표현한 이름인 것이다.

'강학청답군.'

그가 알기로 장원에는 따로 이름이 없었으니, 강학청이 지었다고밖에 생각할 수가 없지 않겠는가.

매우생은 뒤쪽 마차에 타고 있는 염서성을 힐끔 쳐다보며 말했다.

"저 젊은이는 못 보던 사람인데, 누구요?"

"내 새로운 종이오. 쓸모가 있을 거 같아서 데리고 왔소."

"반 소협이 쓸모 있다 하면 쓸모 있는 것이겠지. 내 듣기로 이번에 반 소협이 외부에 갔던 일이 매우 잘 되었다고 하던데,

거기에 새로운 종까지 얻었으니 역시 반 소협의 능력은 참으로 대단하오."

반악이 주도하여 혈맹파를 거의 와해시킨 이야기를 말하는 것이었다.

먼저 귀환한 묵담향 등을 통해 전해들은 게 분명했다.

"대단하다 할 것도 없소."

"하하하, 겸손하시구려. 나는 물론이고 내 주변사람들 모두가 반 소협의 능력에 감탄을 하고 있소. 언제 한 번 술이나 하면서 이야기를 들려주시구려."

말하자면 그가 혈맹파를 어찌 와해시켰는지에 대해 자세히 듣고자 한다는 것인데, 반악으로서는 별로 내키는 일이 아니었다.

그래서 대답을 회피했다.

"난 바빠서 이만 가봐야겠소."

반악은 곧바로 마차에 올랐고, 두 대의 마차는 빠르게 봉조장원이 있는 곳으로 달려갔다.

'반 소협은 참 친해지기가 힘든 사람이란 말이야.'

매우생은 실망스럽다는 듯 고개를 내저으며 객잔으로 돌아섰다.

모정배가 그의 옆에 따라 붙으며 물었다.

"저분이 반악 소협이십니까?"

그가 입당을 하고 가장 자주 들은 게 반악에 대한 이야기였다.

사실 그는 계급이 가장 낮은 백당원이고, 이유는 모르겠지만 열혈당이 전체적으로 비밀스럽게 운영되고 있어 많은 이야기를 들을 수 없었다.

그러나 열혈당이 생겨나는데 당두에 준할 만큼의 공로가 있는 게 반악이고, 그는 엄청난 고수라는 건 귀가 따갑도록 들어야만 했다.

그가 볼 때는 금당원들 대부분이 만만치 않은 실력자들이었는데, 그들 모두가 반악을 마치 천외천의 사람처럼 경외하고 있었던 것이다.

최근에는 정탐의 목적으로 무위로 갔다가 혈맹파를 거의 혼자서 와해시켜 버렸다는 이야기를 들어 그에 대한 궁금증이 더욱 커진 상태였다.

'아무도 그의 나이를 말해 준 적이 없어서 최소한 중년인일 거라 생각했는데…….'

설마 그와 크게 나이차가 나지 않는 젊은 사람일 줄은 전혀 예상하지 못했었다.

'겉모양만 보자면 그렇게 강할 것 같지가 않은데. 원래 이런 바닥에서는 살짝 과장되기 마련이니, 들었던 것만큼 강하지 않을 지도 모르지. 상식적으로 저 나이에 강해 보았자 얼마나 강하겠어. 어쨌든 그가 싸우는 걸 한 번 봤으면 좋겠네.'

모정배는 의심스럽다는 생각을 하면서도 언제고 확인할 수 있겠지, 하는 기대감을 가졌다.

"이봐, 여기 주문 받아!"

"예, 손님! 지금 갑니다!"

모정배는 생각하기를 멈추고 그를 손짓해 부르는 손님을 향해 급히 움직였다.

*　　　　*　　　　*

봉조장원에 도착하여 마차에서 내리자 그를 알아본 당원들이 다가와 반갑게 인사를 했다.

"아, 반 소협 오셨습니까."

"이야기는 들었습니다. 혈맹파를 와해시켜 버리셨다지요?"

그들은 역시 반 소협이라느니, 아무리 상대가 하오문이라고 해도 혈맹파의 문제를 그렇게 쉽게 해결해 버린 것은 대단한 일이라면서 추켜세웠다.

'별것도 아닌 걸 가지고……'

반악은 어색하고 귀찮았다.

물론, 이들이 자신에게 아부를 하는 것도, 마음에 없는 소리를 하는 것도 아니란 걸 알고 있었다. 이들은 순수하게 자신이 한 일을 기뻐하고, 대단하다 여기는 게 분명했다.

하지만 그의 입장에서는 별것도 아닌 일인데 이렇듯 시끌시끌하게 떠들어대는 분위기가 영 맞지가 않는 것이다. 이제 좀

익숙해질 때가 되지 않았나 싶으면서도 영 적응하기가 힘들었
다.

'이게 내 천성인지도……'

자신은 생긴 외모와 처한 환경과는 무관하게 본래부터 하
하, 호호 웃고 떠들 만한 성정이 아닌 모양이었다.

허나, 그런 속내를 가감 없이 드러낼 수는 없는 일.

"대단한 일도 아니오. 그냥 운이 좋았소."

반악은 나름 겸허한 태도를 취하면서 그들을 지나쳤다.

'마치 딴 사람 같군.'

견일 등과 함께 반악의 뒤를 따르고 있는 염서성은 반악의
모습을 보며 내심 헛웃음을 지었다.

그가 지금껏 보고 느낀 반악은 아무리 좋게 평가해도 자기
만 잘난 줄 아는 사람이라고 말할 수밖에 없었다. 그와 싸울
때 자신이 강하다는 걸 조금도 숨기지 않고, 그를 조롱하기까
지 한 사람이 아니던가.

천상천하 유아독존.

딱 그 말에 어울리는 사람이라 생각했는데 지금 사람들과
인사를 하고, 그들의 말에 대꾸하는 모습은 전혀 그렇지가 않
으니 어이가 없을 수밖에.

'하여튼, 종잡을 수가 없는 사람이군.'

사실 그래서 더욱 조심해야겠다는 생각이 들었다.

쓰임새가 있겠다면서 죽이지 않고 십년지약을 맺었지만, 어

느 날 갑자기 마음을 바꿔 그의 목숨을 위협할 수도 있는 일이었으니까.

이때 안쪽에서 나온 금장거가 빠른 걸음으로 다가왔다.

"잘 돌아오셨습니다, 반 소협. 강 당두님은 안쪽에 계시니 절 따라 오십시오."

반악은 그를 따라 외원과 내원을 구분하는 낮은 담장의 문을 지나 단출하면서도 나름 고풍스러운 느낌의 건물 앞에 당도했다.

"전 지금 다관에 나가봐야 하니, 여기서 그만 돌아가겠습니다."

마동찬이 천문당 일조장 고변책으로 밝혀지고 자폭공으로 자결한 뒤로 그가 다관을 맡아 운영하고 있었다.

"나중에 뵙겠습니다."

금장거가 정중히 포권을 취하며 사라지고, 반악은 견일 등과 함께 건물 안으로 들어섰다.

그리고 짧은 복도를 지나 가장 안쪽에 위치한 방의 문을 열었다.

"오셨습니까, 주군."

뭔가 열심히 적고 있던 강학청은 환한 웃음을 지으며 일어나 얼른 반악의 앞으로 걸어가 머리를 숙였다.

"마중을 나가지 못해 죄송합니다."

"괜찮아. 장원이 그럴듯하군."

"부 부인께서, 아니 이제는 부 장주님이라 해야겠군요. 그 분께서 거래에 성의를 보여주신 덕분입니다."

반악도 동감이라는 듯 고개를 끄덕이며 의자에 앉았다.

강학청은 그 앞에 마주 앉아 잔에 차를 따르며 물었다.

"그런데 저 젊은이는 누구입니까?"

그가 눈짓한 사람은 방 안을 두리번거리고 있는 염서성이었 다.

반악은 간단하게 요약만 해서 설명했다.

"이름은 염서성. 죽은 혈맹파 두목의 양아들. 지금은 두목 과 조장들이 모두 죽어 자연스럽게 혈맹파의 두목이 됐고. 사 부가 금노. 그리고 금노를 죽인 옥존에게 반드시 복수해야 한 다면서 살려달라기에 십 년간 충성을 받기로 하고 살려줬지."

"……!"

강학청은 멍한 표정으로 있다가 반악과 염서성을 번갈아 쳐 다보았다.

"저 친구가 진짜 금노의 제자입니까?"

"맞아."

구노의 일인인 금노의 제자인 것도 놀랍지만, 무림 최고 고 수 중에 하나인 옥존에게 복수를 하겠다는 목적을 가지고 있 다니.

'그런데 금노와 옥존이 언제 싸운 거지?'

금노가 죽었다는 이야기도 처음 들었다.

'뭔가 밝힐 수 없는 내막이 있는 모양이군.'

강학청은 일어나서 염서성에게 정중히 포권을 취했다.

"난 열혈당 당두 강학청이라고 합니다."

"염서성이오. 그리고 지금 들은 이야기는 모두 비밀로 해주시기 바라오."

강학청은 대답을 하기 전에 먼저 반악을 쳐다봤다.

반악은 고개를 끄덕였다.

"그 녀석 말대로야. 금노와 옥존의 일은 우리만 아는 걸로 해. 나도 내막은 모르지만 옥존과 안 좋은 쪽으로 얽혀서 좋을 게 없잖아."

말 그대로 옥존은 염서성의 문제이지, 자신들과는 상관이 없는 일이니까.

"알겠습니다, 염 소협. 이 일에 대해서 절대 발설하지 않겠습니다."

염서성은 새삼스런 시선으로 강학청을 쳐다봤다.

성질 더러우면서도 무공 수준을 짐작하기 어려울 만큼 강한 반악이 속한 하오문의 수장. 그러나 이런 바닥에 어울리지 않는 문인과 같은 유약한 모습과 분위기.

주변 상황과 외견상으로만 보자면 약속을 지킬 것인가에 대해 의심부터 생겨야 함에도, 가볍지 않은 언행과 눈빛으로 믿음을 주고 있었다.

'그런데 당두라면서 서열상 아래라 할 수 있는 주인님을 주

군으로 부르다니. 도대체 이게 뭔 관계야.'

이상하고 이해할 수 없는 관계였다.

강학청은 그런 염서성의 내심을 눈치챈 듯 빙긋이 웃었다.

"나와 주군과의 관계를 정확히 모르고 있군요."

"솔직히 말해서 난 주인님의 진정한 정체도 모르고 있소."

"주군, 염 소협에게 아무런 설명도 해주지 않으신 겁니까?"

"명령만 따르면 되는 녀석한테 일일이 설명할 필요는 없지."

반악의 말에 염서성은 욕을 내뱉고 싶었지만, 그랬다가는 죽도록 맞을 것 같아서 꾹 참았다.

강학청은 참 반악다운 처사라는 듯 헛웃음을 지었다.

"그럼, 제가 설명해도 되겠습니까? 염 소협이 십 년간 함께할 거라면 주군에 대해서 뿐만 아니라, 우리 열혈당에 대해서도 어느 정도는 알아야 할 듯합니다."

"알고 있어도 상관은 없겠지."

반악의 허락이 떨어지자 강학청은 염서성과 견일 등에게 자리를 권한 뒤, 반악이 남궁세가의 후인이라는 것과 그와 자신이 어찌 만나게 되었으며 열혈당이 어떠한 목적으로 만들어졌는가, 하는 등등에 대해 설명했다.

'남궁세가에 후인이 남아 있었단 말이야?'

염서성은 반악을 신기한 듯 쳐다봤다.

거룡성에 패한 남궁세가는 잡초 하나 남기지 못하고 괴멸되었다고 들었는데, 그 진전을 이은 사람이 눈앞에 있으니 당연히 신기할 수밖에.

'강한 이유가 있었군.'

남궁세가의 무공을 익혔다고 한다면 이처럼 젊은 나이에 엄청난 고수라는 게 어느 정도는 이해가 되는 것이다.

물론, 약간의 의심이 남아 있긴 했지만 이미 패해서 십년지약을 맺은 마당에 진의여부를 따져 무엇 하겠는가.

그리고 진짜 문제는 반악이 남궁세가의 후인이라는 게 아니라, 그가 거룡성에 적대감을 가지고 있다는 점이었다.

"그러니까 거룡성의 타도가 열혈당의 목적이라는 거요?"

"그렇습니다. 우린 모두 반룡복고당의 당원들이고, 열혈당을 만든 이유도 보다 비밀스럽고 효율적으로 거룡성과 싸우기 위해서니까요."

"흠."

염서성은 겉으로 애써 태연한 척했지만, 내심으로는 전혀 아니었다.

'잘못 걸려들었군.'

옥존에게 복수하겠다는 목표도 버거운 마당에, 안휘 최강 세력과 싸우려고 하는 무리에 얽혀들게 되다니.

정말 최악의 운이라고 밖에 설명할 수가 없었다.

"진짜 궁금해서 묻는 건데, 정말 거룡성을 무너트릴 수 있다고 생각하는 거요?"

"그렇습니다."

"그들이 얼마나 강한지, 어느 정도로 막강한 전력을 가졌는지 알고 하는 소리요?"

"그들이 얼마나 강하고, 어느 정도로 막강한지는 충분히 알고 있습니다. 실상 안휘에서 그걸 모르는 사람은 아무도 없겠지요."

"그런데도 그들을 무너트릴 수 있다고 생각한단 말이오?"

"그럼 역으로 묻겠습니다. 염 소협은 진정 옥존에게 복수할 수 있다고 생각하는 겁니까?"

"……!"

"어느 누가 보아도 실력의 격차가 너무 커서 불가능한 복수가 아닙니까."

얼굴이 굳어진 염서성은 강학청을 노려보며 말했다.

"실력의 격차가 있으면 줄이면 되는 거요. 난 반드시 복수할 거요."

"나 역시 같은 대답을 해야겠군요. 전력의 격차가 있으면 줄이면 되는 겁니다. 우린 반드시 거룡성을 무너트리고 말 것입니다."

"……."

염서성은 더 이상 의문을 표하지 않았다.

강학청의 대답을 통해 그와 열혈당이, 그리고 반룡복고당이 얼마만큼이나 강한 의지를 갖고 있는지 짐작할 수 있었기 때문이다.

게다가 이어지는 반악의 말이 그의 말문을 완전히 막히게 만들었다.

"자신이 없으면 말해. 그럼 맹세나 약속 같은 거 그냥 깨 버리고 당장 죽여줄 테니까."

"⋯⋯."

"대답이 없는 걸 보니 죽을 생각은 없는 거 같군. 그럼 앞으로 겁쟁이 같은 표정과 언행은 내 앞에서 보이지 않도록 해. 난 해보지도 않고 겁부터 먹는 놈은 옆에 둘 생각이 없으니까. 알았냐?"

염서성은 겁쟁이란 말에 욱하는 마음이 일었지만, 반악의 매서운 눈빛에 곧바로 꼬리를 내릴 수밖에 없었다.

"앞으로 조심하도록 하겠습니다."

"그래야지. 이제 강 당두에게 무위의 상황을 설명해."

"예, 주인님."

염서성은 말 잘 듣는 아이처럼 반악의 지시를 따라 무위에 대해 설명했고, 강학청은 그의 말을 하나하나 종이에 기록했다.

종이에 적은 내용을 바탕으로 무위를 깔끔하고 신속하고 완벽하게 접수할 방법을 구상하고, 보낼 사람의 숫자도 정하게 될 것이었다.

설명을 끝낸 염서성은 문득 생각이 났다는 듯 물었다.

"지난번에 여기로 왔던 우리 애들은 어찌 됐소?"

"우리가 데리고 있습니다."

반악이 무위로부터 돌아오면 처우를 결정하기 위해 그들 모두 아직 창고에 가둬두고 있었던 것이다.

"그들을 무위로 돌려보내주시오."

"염 소협이 혈맹파의 두목이 되었으니 그래야겠지요. 주군, 계획을 세우고 모레쯤에 사람들을 파견할 생각인데, 그 편에 혈맹파 조직원들도 같이 보내겠습니다."

"그렇게 해. 난 이만 가서 쉬어야겠다."

"주군의 거처를 준비해 두었습니다."

강학청은 자신이 안내하겠다며 일어나다가 깜빡 잊고 있었다는 듯 말했다.

"아, 그리고 묵 소저와 공 소협은 돌아오자마자 무위의 상황을 전하고 곧바로 떠났습니다."

반악은 살짝 눈살을 찌푸렸다.

'이렇게 빨리 떠날 줄은 몰랐군. 이젠 나와 상종도 하고 싶지 않다는 건가.'

"본거지로 돌아갔다는 말인가?"

"예, 동생을 안 본 지 오래되어 걱정이 된다더군요."

'아, 그 녀석이 있었지.'

반악은 쉼 없이 떠들어대다가 누이의 지적을 받고 금세 태도를 바꾸었던 묵담철의 모습을 떠올렸다.

'그 녀석은 여전히 호기심이 많고 쓸데없이 말도 많으려나……'

그때 헤어지면서 다시는 만날 일이 없을 거라고 했었지만, 지금은 다시 한 번 보고 싶다는 생각이 들었다.

'뭐, 언젠가 만나게 되겠지.'

때가 되면 그도 본거지에 갈 것이고, 그때는 어쩔 수 없더라도 묵담철을 만나게 되지 않겠는가.

반악은 묵담향과 묵담철에 대한 생각을 접고 염서성 등과 앞장서가는 강학청을 뒤따라 움직였다.

　　　*　　　*　　　*

유시(酉時; 오후 5~7시) 초 무렵.

반악은 눈을 떴다.

잠깐 운기행공을 하고 잠을 자려고 했었는데, 저도 모르게 심취하다 보니 어느새 몇 시진이 흘러 날이 저물어가려고 하는 것이다.

'기분이 묘한걸.'

무위에서 돌아오는 마차에서도 지금과 비슷했다.

작심하거나 고의로 집중하지도 않았는데 운기행공에 심취하여 시간 가는 줄도 몰랐었다.

분명 이전에는 경험한 적이 없었던 기이한 일이지만, 그렇다고 내공의 급격한 증가가 일어나거나, 뭔가 엄청난 무공 초식이 떠오른다거나 하는 것도 아니었다.

그저…….

'머리가 맑다.'

최근 며칠 동안은 하루 두 시진 이상 수면을 취한 적이 없었음에도 자야 할 필요성을 느끼지 못할 정도였다.

반악은 방을 나섰다.

강학청이 그의 거처로 준비해 둔 건물은 장원 오른쪽에 위치한 별채인데, 크지는 않아도 주변을 담장으로 둘러치고 마당까지 따로 있었다.

'저 녀석도 꽤나 열심이군.'

붉은 노을이 깔린 마당에는 염서성이 혼자 있었다.

그는 기마세를 취하고 있었는데, 반악이 운기행공을 시작할 때부터 저 자세였으니, 지독하다 할 만큼의 참을성을 보여주고 있는 것이다. 땀으로 흠뻑 젖은 그의 옷만 보더라도 무척 힘들어 하고 있다는 걸 알 수가 있었다.

무엇보다 기마세는 무공을 배우기 시작할 때나 잠깐 하는 기초 중의 기초.

염서성 수준의 실력이라면 거의 하지 않는 수련법이었다.

그러나 반악은 쓸데없는 수련이라고 생각하지 않았다. 오히려 어느 정도 경지에 올랐는데도 기초를 소홀히 하지 않는 수련 자세에 칭찬을 해주고 싶은 마음이었다.

물론, 진짜 칭찬할 생각은 전혀 없었지만.

반악은 그에게 다가가며 물었다.

"기초를 충실히 다지는 건 금노의 수련법이냐?"

"……."

염서성은 대꾸가 없었다.

반악은 수련 중이니까 그럴 수 있다고 여겼다. 너무 집중을 하여 무아지경에 빠진 것이려니 생각했다.

그래서 목소리를 조금 크게 해서 다시 물었다.

"기초를 충실히 다지는 건 금노가 중시하는 수련법이냐?"

"……."

여전히 대꾸가 없었다.

반악의 미간이 좁혀졌다. 사람이 두 번을 물었으면 대답을 해야 할 것이 아닌가. 최소한 시선이라도 돌려서 쳐다봐야 했다.

그런데 지금처럼 싹 무시하고 있다면…….

"야."

"……."

굳어진 표정의 반악은 성큼 다가갔다.

퍽.

"윽!"

등을 걷어차인 염서성은 앞으로 기우뚱거리며 몇 걸음 나아갔지만 결국 쓰러지지는 않았다.

기마세를 통한 하체 단련이 헛되지 않았다는 의미일 것이
다.

균형을 잡은 염서성은 반악을 돌아보며 짜증 섞인 음성을
내뱉었다.

"이게 무슨 짓입니까!"

"사람이 물으면 대답을 해야 할 거 아냐."

"기마세를 취하고 있었잖습니까!"

반악은 어이가 없었다.

죄송하다가 용서를 빌어도 모자를 판에 도리어 성질을 내다
니.

"기마세를 취하면 내 말을 무시해도 되는 거냐? 널 살려줬
다고 내가 만만하게 보여? 지금 당장 죽여줄까!"

반악은 말을 할수록 열이 받는지 점점 목소리가 높아지고,
얼굴에는 살기가 일었다.

분위기가 심상치 않자 염서성은 당황했다. 하지만 그에겐
항변할 만한 이유가 있었다.

"주화입마에 걸릴 수가 있는데 어떻게 말을 합니까."

"뭐?"

난데없이 이게 무슨 소리란 말인가?

"지금 주화입마 이야기가 왜 나와?"

"기마세 중에 조금이라도 움직이거나 말을 하면 주화입마에
걸릴 수가 있잖습니까."

"그게 무슨 말도 안 되는 소리야? 지금 그걸 핑계라고 말하는 거냐?"

반악의 황당해하는 반응에 염서성 역시 당황한 표정이었다.

"아닙니다! 진짜란 말입니다! 분명 제 사부님이 그렇게 말씀하셨습니다!"

염서성의 말인즉, 그가 무공을 배울 때 금노가 가장 먼저 가르친 것은 기마세였다고 한다.

그때 금노가 기마세의 중요성을 강조하며 경고를 했는데, 주화입마에 걸릴 수가 있으니 절대 움직이지 말고 말도 하지 말고 눈도 돌리지 말라고 했다는 것이다.

게다가 한 번 시작하면 반드시 네 시진 동안은 계속해야 한다고까지 말했다는 게 그의 주장이었다.

'이거 멍청한 거야, 순진한 거야?'

반악은 진짜로 그렇게 믿고 있는 게 분명해 보이는 염서성의 표정을 보고 있자니 더 이상 화낼 마음도 생기지 않았다.

'어쩌면 이런 면 때문에 금노가 이 녀석을 제자로 삼았는지도 모르지.'

밑바닥 생활에 익숙하기 때문에 거친 세상을 사는데 전혀 지장이 없을 정도로 실리적이지만, 한 번 믿게 된 사람의 말이라면 어수룩할 정도로 맹신해 버리는 점이 금노에게 신기하면서도, 기특하게 보였을 수도 있으니까.

물론, 그냥 멍청한 것일 수도 있지만.

'금노는 기마세 뿐만이 아니라 다른 수련도 이런 식으로 해서 집중도를 높였겠군.'

그리고 염서성이 늦은 나이에 무공을 배우기 시작했는데도 이 정도의 실력이 될 수 있었던 건 그러한 금노의 말을 절대적으로 믿고 수련을 했기 때문일 테니, 그 어수룩함이 긍정적으로 작용했다 할 수 있을 것이다.

염서성은 반악의 눈치를 살피며 물었다.

"사실이 아니었습니까? 기마세 때 말을 하거나, 눈을 돌려도 괜찮은 거였습니까?"

반악은 잠시 침묵하다 고개를 흔들었다.

"위험한 거 맞아. 절대적인 건 아니지만 그렇게 될 가능성도 있지."

반악은 그냥 모른 척하기로 했다.

제자를 가르치는 금노만의 수련 방법에 자신이 왈가왈부 할 이유가 없으니까.

'진실이란 게 꼭 좋은 것만은 아니잖아.'

염서성의 경우에는 오히려 금노의 가르침대로 알고 있는 게 나았다.

게다가 아주 틀린 말도 아니었다. 주화입마란 건 그 누구도 예상할 수 없는 순간에 나타날 수 있기 때문에, 가능성은 매우 희박하더라도 기마세를 하는 중에는 절대적으로 안전하다고 단언할 수 없는 것이다.

반악은 문 쪽으로 걸어가며 말했다.

"따라와."

"어디 가는데요?"

반악은 대꾸하지 않았다.

염서성은 하마터면 반악 때문에 주화입마에 걸릴 뻔했는데 사과 한 마디 하지 않는다고 내심 투덜거리면서도 얼른 그의 뒤를 쫓아갔다.

*　　　*　　　*

모정배는 터벅거리며 대로를 걷고 있었다.

하지만 그의 걸음은 힘이 없었다.

'이게 뭐하는 짓인지 모르겠다.'

지금 그는 주방에 필요한 식재료를 가지러 가는 중이었다.

'내 기대가 너무 컸던 걸까.'

뭔가 다를 줄 알았다.

육씨 형제가 행패 부리는 혈맹파 조직원들을 때려잡는 걸 보고, 그들의 놀라운 무공을 보고, 하오문의 두목이라고 하기에는 학식이 넘쳐 보이는 당두를 만나보고 그의 인생에 새로운 변화가 생겨날 것이라 생각했다.

그런데 지금의 그는 점소이 일을 하며 식재료나 가지러 가야 하는 신세인 것이다.

'또 헛되이 시간을 낭비하고 싶지 않은데…….'

청사파 때처럼 하급 조직원으로 심부름이나 할 수는 없었다.

이럴 거면 경비나 서는 신세가 되더라도 차라리 거룡성으로 찾아가 하급무사가 되는 것이 더 나을 것이다.

하지만 거룡성을 찾아간다고 하급무사가 된다는 보장도 없으니 생각할수록 앞날이 답답하기만 했다.

'응?'

심각하게 고민을 하던 모정배는 저 앞에 낯익은 얼굴을 발견하고 걸음을 멈췄다.

'저분은 반 소협이잖아.'

반악이 염서성과 함께 동쪽 대로를 따라가고 있었다.

'어딜 가는 거지?'

왠지 분위기가 심상치 않았다.

뭔가 일이 터질 것 같다는 느낌이 든다고나 할까.

'혹시…….'

말로만 들어오던 반악의 무공을 볼 수 있지 않을까, 하는 생각이 들었다.

'따라가 보자.'

모정배는 식재료를 사러 가야 했지만 길게 고민하지도 않고 반악과 염서성을 몰래 뒤쫓기 시작했다.

반악과 염서성이 동쪽 대로를 따라 걸어 외곽으로 벗어나 당도한 곳엔 한쪽으로 크고 작은 나무들이 자라 있고, 완만하게 아래쪽으로 쏠려 있는 지형을 내려가면 작은 강줄기가 흐르고, 그 옆으로 두꺼운 갈대들이 가득히 자리 잡고 앉아서 바람에 따라 흔들거렸다.

예전 반악이 견일 등의 나태함을 다그친 곳이었고, 인적이 드물어서 지금도 견일 등이 틈만 나면 찾아와 수련을 하는 장소였다.

"여긴 왜 온 겁니까?"

하지만 그러한 내막을 알지 못하고 있는 염서성은 인적이 보이지 않는다는 것에 불안함을 느꼈다.

'혹시 날 제거하기 위해서?'

아까 전 장원에서의 일로 반악이 살심을 품게 된 게 아닌가 걱정이 되기 시작했다.

하지만 그의 걱정은 기우에 불과했다.

"모여라!"

공력을 실은 반악의 외침이 주변으로 널리 퍼져나갔다.

그리고 얼마 있지 않아 견일과 견이는 나무들 사이에서, 견삼은 강가 쪽에서 모습을 드러내며 매우 빠른 속도로 달려 왔다.

그들은 금세 반악의 앞까지 당도하여 머리를 숙였다.

"부르셨습니까, 주인님."

"실전을 대비한 비무를 한다. 네 명이서 날 공격해."

"……!"

견일 등이 나타나면서 살짝 안심했던 염서성은 순간 자신의 귀를 의심했다.

'아무리 내 몸 상태가 정상이 아니라고 해도 저들과 합공을 하라니!'

뭐라 해도 그는 금노의 제자가 아니던가.

패배하기는 했지만 반악을 상대로 정면 승부를 벌이기도 했었는데, 합공을 하라는 건 그를 완전히 무시하는 처사나 다름없었다.

그래서 염서성은 거부하려고 했다. 이런 말도 안 되는 명령은 들을 수가 없다고 말이다.

하지만 견일 등은 그와 생각이 완전히 달랐다.

"막내는 우리와 손발을 맞춘 적이 없으니까, 주위를 맴돌면서 보조를 맞추는 데만 집중해라."

"뭐? 당신들 진짜 할 생각이야?"

염서성은 어이없다는 표정으로 견일 등을 쳐다봤다.

하지만 긴장된 몸짓으로 무기를 빼들고 자세를 취하는 그들의 표정은 심각했으며, 은연중 내뿜는 기세는 생사대적을 마주한 듯 날카롭기 그지없었다.

견이가 그를 노려보며 말했다.

"죽고 싶지 않으면 단단히 마음먹어."

"……!"

심각해도 너무 심각했다.

설사 한다고 해도 말 그대로 비무가 아니던가.

염서성이 볼 때는 견일 등의 반응은 조금 과도한 면이 있었던 것이다.

하지만 반악의 싸늘한 음성과 행동이 그의 생각을 완전히 뒤바꿔버렸다.

"실전이라고 했으니 봐주는 건 기대하지 마라."

반악은 동시에 염서성을 향해 몸을 날렸다.

스릉—

순간 간격이 두 장으로 좁혀지고 번개처럼 뽑혀 나온 박도가 염서성의 머리를 노리고 휘둘러졌다.

염서성은 놀라고 당황했다.

'왜 나야?

그는 몸 상태도 정상이 아니고, 견일 등보다 멀리 있었다.

그런데 가장 먼저 그를 목표로 삼다니.

그것도 다짜고짜 칼을 뽑아들어 공격할 줄은 상상도 하지 못했다.

물론, 실전을 대비한 비무라고 한다면 반악이 그를 노린 것은 탁월한 선택이었다. 혼자서 다수를 상대하는 싸움에서 가

장 약한, 혹은 부상당한 적을 약점으로 여기고 먼저 공격하는
건 전혀 이상할 게 없는 것이니까.

하지만 염서성의 입장에선 그렇게 생각할 수 없었다.

'비겁하게!'

염서성은 투덜거리며 있는 힘껏 바닥을 차며 뒤로 몸을 뺐
다.

하지만 반악의 박도는 그의 생각보다 빠르고 매서웠다.

'헉!'

자신의 몸이 아직 박도의 영향권 안에 걸려 있다는 걸 깨달
았을 때는 박도의 끝이 이미 코앞까지 다다라 있는 상태였다.

'이리 허망하게!'

염서성은 순간 죽음을 생각했다.

헌데, 박도가 갑자기 방향을 틀었다. 반악의 신형도 공중으
로 솟구쳐 올랐다.

'역시 비무일 뿐이었나?'

염서성은 안도하며 반악을 올려다보았다.

하지만 반악이 공격을 마무리 짓지 않은 건 비무라서가 아
니란 것을 곧 알게 되었다. 견일 등이 그를 따라 공중으로 뛰
어올랐기 때문이다.

그가 위기에 몰리는 사이 반악의 뒤와 좌우를 압박하며 들
어온 견일 등이 반악을 공격해 물러날 수밖에 없도록 만든 것
이다. 그들이 아니었다면 반악은 정말로 그에게 치명적인 공

격을 가했을 게 분명했다.

'이거 진짜 심각하다!'

공중에서 한 차례 공방을 가졌다가 땅에 내려서며 본격적으로 시작된 격돌은 비무라고 하기에는 너무나 살벌했다.

보통 비무란 것은 상대의 실력을 가늠하고 기술을 연마하자는 의미로 하는 것인데, 이들의 비무는 그런 형식적인 공방을 하는 게 아니었다. 서로 간에 머뭇거림이 없이 공격을 펼치다 보니, 옷이 찢어지고 살이 갈라지고 붉은 피가 땅에 떨어졌다.

허나 상처 입는 쪽은 견일 등이었다. 반악은 옷이 찢어지는 경우는 있어도 상처는 조금도 입지 않았다. 견일 등의 공격력과 합격술이 매우 뛰어남에도 반악에게 타격을 줄 수가 없을 만큼 실력의 고하가 명확한 것이다.

"돕지 않고 뭘 하는 거야!"

견일이 염서성을 향해 소리쳤다.

'젠장!'

염서성은 내심 욕을 내뱉으며 그들 사이로 뛰어들었다.

네 명이서 합공을 한다는 게 자존심이 상하지만, 견일 등이 반악을 공격한 덕분에 위기를 모면했던 만큼 넋 놓고 지켜만 볼 수가 없었던 것이다.

"합!"

염서성은 공격할 틈이 보이자 지체 않고 반악을 향해 주먹을 내질렀다.

홍—

묵직한 권풍이 공간을 밀어내며 날아갔다. 반악은 륜과 겸을 연달아 쳐내 공간을 만든 뒤 지체 없이 박도를 직선으로 내리그었다.

스악—

권풍은 둘로 갈라져 힘을 잃고 흩어졌다.

'권풍을 저리 쉽게 베어 버리다니.'

게다가 방어 동작에 군더더기가 없었다.

세 명에게 둘러싸였고, 정신없이 공격이 퍼부어지고 있는데도 조금도 당황하지 않고 딱 필요한 동작만으로 완벽하게 방어를 하고 있는 것이다.

'나까지 끼어서 합공을 하는데도 진다면 이건 진짜 굴욕이다!'

염서성은 이를 악물었다.

그는 주위를 맴돌며 견일 등이 움직이는 걸 관찰했다. 그들을 보조하는데 집중하기 위해서였다.

'머리 위다!'

견삼이 연편으로 하체를 공략하고, 견일과 견이가 좌우 뒤를 압박하는 중이기에 상대적으로 머리 위쪽이 열려 있었다.

염서성은 바닥을 박차고 뛰어올랐다. 그리고 반악의 머리를 노리고 발끝을 연달아 내질렀다.

파파파파팍—

십여 개로 늘어난 다리가 반악의 머리 위를 완전히 뒤덮었다.

'됐다!'

염서성은 피할 수 없을 거라고 확신했다.

견일 등도 그리 생각하고 박도에 베이는 것도 꾹 참아내며 반악이 회피할 틈을 주지 않기 위해 공세를 강화했다.

헌데, 그 순간 반악의 박도가 흔들리기 시작했다.

그리고 갑자기 수십 개의 그람자로 분리되어 전신을 회오리처럼 휘감고 고슴도치처럼 사방으로 칼끝을 세우며 견일 등의 공세를 맞받아치고 최종적으로 염서성의 발끝을 노리고 솟구쳐 올랐다.

제왕무적검의 초식 현운비도(玄雲秘刀)였다.

카카카카카카캉!

"윽!"

발에 엄청난 충격을 받은 염서성은 공중으로 밀려났고, 견일 등은 무기를 놓치지 않기 위해 애쓰면서 뒷걸음질쳐야 했다.

반악은 박도를 거두어 도집에 넣었다.

"아직도 많이 부족해. 무기가 가진 장점에 치중해야 하는데, 여전히 몸에 익숙한 근접공격만 하려고 하잖아. 합격술이란 게 꼭 둘러싸야 효과가 있는 건 줄 아냐."

그가 견일 등에게 가르쳐 준 초식을 활용하라는 지적인 것이다.

"그리고 너."

반악은 염서성을 노려보았다.

염서성은 발바닥이 너무 아파 서지도 못하고 주저앉아 있었다.

"잘난 거 하나도 없는 놈이 자존심만 세우고 있냐? 합공하라면 할 것이지 뭘 머뭇거리고 있어."

"……."

"그리고 성취도 높지 않은 대흑금마력을 믿고 내 박도를 적수공권으로 막을 수 있다고 생각했냐? 내가 마음만 먹었으면 네놈의 팔과 다리를 잘라 버릴 수도 있었어. 차라리 계속 권풍을 날리며 쟤들을 보조했으면 더 쓸모가 있었을 거다."

"……."

염서성은 내심 기분이 나빴지만, 딱히 반박할 말이 없어 아무 대꾸도 못하고 고개를 숙인 채 발만 만지작거렸다.

"넌 마을로 돌아가는 대로 대장간에 가서 쇠를 재료로 신발과 장갑을 만들어."

염서성은 깜짝 놀라 고개를 들고 설마 하는 표정으로 반악을 쳐다봤다.

"저보고 쇠로 만든 신발과 장갑을 끼고 다니라는 건 아니겠죠?"

"거기에 쇠각반과 쇠토시도 만들어서 차고 다녀."

"말도 안 됩니다!"

"말이 안 된다고?"

반악은 코웃음을 치며 염서성에게 가까이 걸어갔다.

"내 말이 너한테는 장난처럼 들리냐? 시키면 시키는 대로 해."

염서성은 움찔하면서도 반박했다.

"하지만 사부님은 그런 거 필요 없으셨습니다. 제게도 한 번 무기에 의지하기 시작하면 단련에 소홀하게 될 거라고 하셨습니다. 그리고 대흑금마력의 경지만 높이면 제 몸은 그딴 쇠붙이보다 더 단단해질 거란 말입니다."

"물론, 그럴 수도 있겠지. 그런데 지금은? 아직 성취가 낮은 지금은 어떻게 하려고? 당장 네 팔다리를 부러트리겠다면 어떻게 막을 건데?"

"……"

"내일은? 모래는? 아니면 보름 뒤엔? 그때 내가 네 사지를 잘라 버리겠다고 하면 막을 자신이 있어?"

"……"

"아직 이루지도 못한 경지로는 변명이 안 돼. 지금 당장 죽어나자빠지게 생겼는데 찬물 더운 물 가리겠다는 거냐? 그리고 네 목표를 이루려면 십 년이란 시간도 부족하다는 것 정도는 알고 있겠지?"

염서성은 마지못한 듯 고개를 끄덕였다.

사실 그는 반악에게 처음 제시했던 오 년의 시간을 목표를 이루기까지의 과정으로 보고 있었다. 오 년 동안 온 힘을 다해 무공을 수련해서 옥존과 싸울 만큼, 혹은 암습이라도 해서 죽일 수 있을 만큼의 실력을 기르겠다는 계획을 가지고 있는 것이다.

그런데 반악은 그 두 배의 세월 동안 노력해도 힘들다고 말하고 있으니.

"내가 어떤 놈들이랑 싸우려고 하는지를 생각해 봐라. 지금 네 실력으로는 얼마 버티기 힘들어. 그리고……."

반악은 고개를 돌려 그를 외면하고 있는 염서성의 머리카락을 움켜잡아 자신의 눈동자를 똑바로 보도록 했다.

"내가 너 같은 약골에게 내 등 뒤를 맡길 거 같으냐? 쓸모도 없는 널 데리고 다니며 위험을 자초할 거 같아? 내 머리가 돌아 버리지 않는 이상은 절대 그런 짓 안 해."

반악의 눈동자는 살기로 번들거렸고, 염서성은 저도 모르게 마른침을 삼켰다.

"내가 시키는 대로 신발, 장갑, 각반, 토시를 쇠로 만들어서 착용해. 만약 네놈의 주제도 모르고 계속 거부하면 십년지약이고 나발이고 간에 당장 널 죽여 버리겠다. 알겠냐?"

염서성은 얼른 고개를 끄덕였다.

"알겠습니다."

"진작 그런 대답이 나왔어야지."

만족스런 대답이라는 듯 고개를 끄덕인 반악은 염서성의 가슴을 발로 걷어찼다.

"윽!"

갑작스런 발길질이라서 피하고 어쩌고 할 틈이 없었던 염서성은 신음을 터트리며 뒤로 나뒹굴었다.

발에 공력까지 실려 있어서 충격이 적지 않을 게 분명했다.

반악은 고통으로 일그러진 얼굴을 한 채 가슴을 쓰다듬으며 일어서는 염서성에게 싸늘한 음성으로 경고했다.

"앞으로 다시는 내말에 토 달지 마. 내가 죽으라고 하면 죽는 시늉만 하는 게 아니라 그냥 죽는 거야. 알았냐?"

"명심하겠습니다."

"보고 있기 짜증나니까 당장 대장간으로 꺼져."

염서성은 가슴이 아파 움직이기가 힘들었지만, 이를 악물고 참으며 마을 쪽으로 걸음으로 옮겼다.

'우리도 다 겪어봤지.'

그리 오래되지도 않은 과거에 이곳에서 반악에게 맞았던 기억이 떠오른 견일 등은 씁쓸한 웃음을 지으며 멀어지는 염서성의 뒷모습을 바라봤다.

반악은 분노로 번들거렸던 얼굴을 손으로 쓰다듬으며 견이를 불렀다.

"견이."

"예, 주인님."

"잡아와라."

누굴 말하는 것일까?

방금 떠난 염서성을?

하지만 반악의 명을 받고 떠난 것이니 그를 잡아오라 할 리가 없었다.

그러나 특별히 지칭하는 말이 없었음에도 되묻거나 하지 않는 걸 보면, 견이는 반악의 명령이 어떤 뜻인지 알고 있는 모양이었다.

그는 곧장 나무가 우거진 곳으로 몸을 날렸다.

*　　　　*　　　　*

'대단하다!'

숲속에 숨어 반악 등을 몰래 지켜보고 있던 모정배는 몸서리를 치고 있었다.

주변으로 붉은 노을이 깔려 시야가 살짝 방해를 받고 있기는 했지만, 눈으로 쫓기 힘들 만큼 현란하게 움직이는 견일 등의 공격과 멀리서 봐도 막강한 위력이 도드라져 보이는 염서성의 공격을 막아내고 물러나게 만드는 반악의 모습은 참으로 경탄스러웠기 때문이다.

솔직히 감동스럽기까지 했다. 단순히 강하다는 느낌이 아니었다. 그로서는 설명하기가 힘든 뭔가 더 대단한 느낌이라고

나 할까.

하지만 모정배의 흥분어린 표정은 금세 당혹감으로 물들었
다.

'젠장, 들켰다!'

견이가 갑자기 그를 향해 달려오고 있었다.

그것도 감히 도망칠 엄두가 나지 않을 만큼 빠른 속도였다.

그래서 도망치는 것을 포기했다. 오히려 몸을 숨기고 있던
나무 뒤에서 걸어 나와 견이를 기다렸다.

"배짱이 두둑한 놈이구나."

순식간에 모정배의 코앞까지 이른 견이는 피식 웃으며 번개
처럼 손을 뻗어 마혈을 찔렀다.

그리고 몸이 돌처럼 굳어 버린 모정배를 어깨에 들쳐 메고
반악이 있는 곳으로 돌아왔다.

견이가 모정배를 바닥에 툭 내려놓자 반악은 그 옆에 쪼그
려 앉아서 누워 있는 그의 얼굴을 내려다봤다.

"얼굴이 낯익군. 너 청운객잔의 점소이지?"

아혈이 제압당하지 않아 입을 열 수 있었던 모정배는 얼른
대답했다.

"백당원 모정배라고 합니다."

"그래, 백당원 모정배. 무슨 이유로 몰래 쫓아와 우릴 숨어
보고 있던 거냐?"

그는 모정배가 몰래 뒤쫓아 오는 걸 진작 알고 있었던 것이

다.

은신과 추적 등이 특기인 견일 등도 마찬가지였다.

"허락도 없이 몰래 숨어본 것은 정말 죄송합니다. 하지만 소인은 나쁜 의도가 있었기 때문이 아니라 궁금증을 참을 수 없어 쫓아온 것입니다."

"무슨 궁금증?"

"소인은 입당을 하고 반 소협에 관한 말을 가장 많이 들었습니다. 반 소협께서 열혈당의 최고 고수시라는 이야기부터 단신으로 혈맹파를 와해시키셨다는 것까지 말입니다. 하지만 막상 반 소협을 뵙고 보니 그 이야기들을 도저히 믿을 수가 없었습니다. 제 예상보다 너무 젊으셨거든요. 그러다 대로에서 반 소협을 보고 혹시 실제로 확인할 수 있지 않을까 하는 마음에 쫓아온 것입니다."

"그딴 이유로 쫓아오다니, 웃기는 녀석이군. 그리고 잘못 알고 있는데, 난 혼자서 혈맹파를 와해시킨 게 아니다. 나 말고도 얘들, 그리고 다른 두 사람이 더 함께한 거야. 어쨌든, 다 봤으면 이제 돌아가."

흥미를 잃은 반악은 점혈을 풀어주라며 견이에게 눈짓했다.

그런데 견이가 점혈을 풀어주자 모정배는 반악의 앞에 넙죽 엎드리는 게 아닌가.

"반 소협, 소인을 제자로 삼아주십시오!"

"뭐?"

"반 소협께 무공을 배우고 싶습니다. 제자로 삼아주시기만 한다면 몸이 부서지고 뼈가 가루가 될 만큼 열심히 수련하고, 반 소협을 하늘처럼 받들겠습니다."

반악은 헛웃음을 지었다.

거창한 의지의 표현도 그렇지만, 일단 외견상 몇 살 차이도 나지 않는 그를 사부로 모시겠다니.

"난 제자 같은 거 안 키워."

"그럼 종으로라도 받아주십시오. 무공을 배울 수만 있다면 어떤 일이든 하겠습니다."

"난 이미 종을 네 명이나 데리고 있다. 그런데 귀찮게 뭐하러 또 만드냐. 흥미 없으니까 돌아가."

반악은 모정배를 외면하고 돌아섰다.

하지만 모정배는 아주 작심을 한 듯 그의 바짓가랑이를 붙잡았다. 보고 있던 견일 등은 깜짝 놀랐다. 그들은 감히 상상도 못하는 행동을 한 것이니까.

'쟨 이제 죽었다.'

견일 등은 분명 그렇게 될 것이라 확신했다.

그러나 반악의 반응은 그들의 예상과 약간 달랐다. 성질을 부리지도 걷어차거나 박도를 뽑지도 않았다.

그저 가만히 내려다보며 진정 궁금해하는 듯한 표정으로 묻기만 했다.

"내가 무엇 때문에 네게 무공을 가르쳐야 하냐?"

"그건……."

모정배는 바로 대꾸하지 못했다.

사실 딱히 할 말이 없었다. 그는 반악의 강함에 반했고, 그러한 강함을 자신도 얻고 싶었을 뿐이니, 반악이 그에게 무공을 가르쳐야만 하는 이유를 설명할 수가 없는 것이다.

그래서 잠시 머뭇거리다 솔직하게 말했다.

"반 소협이 듣던 대로 진짜 엄청난 고수란 것을 알았습니다. 솔직히 그 강함에 반해 버렸습니다. 그리고 저도 반 소협처럼 강해지고 싶습니다."

반해 버렸다는 말에 눈살을 찌푸리던 반악은 코웃음을 쳤다.

"그게 끝이냐?"

"지금 당장은 무공을 배우는데 다른 이유는 떠오르지 않습니다. 그저 강해지고 싶습니다."

단순하고, 솔직한 대답이었다.

반악 역시도 그게 가장 큰 이유라고 생각하고 있어 공감도되었다.

하지만 그 때문에 모정배를 제자로, 혹은 종으로 삼을 생각은 없었다.

"난 남에게 무공이나 가르칠 만큼 시간이 남아도는 사람이 아니다."

반악은 발을 움직여 모정배의 손을 뿌리치고 마을 쪽으로 돌아섰다.

견일 등도 각자의 수련을 위해 다시 강가와 숲 쪽으로 움직였다.

그때 모정배가 비명처럼 소리쳤다.

"제겐 희망이 없습니다!"

반악은 걸음을 멈췄다.

그리고 뭔 소리를 하는 거야, 하는 표정으로 돌아보았다.

모정배는 벌떡 일어나 반악의 얼굴을 똑바로 바라보며 말했다.

"뭔가 달라지길 바라고 열혈당에 들어왔습니다! 그렇다고 엄청나게 큰 변화를 바란 것도 아니었습니다! 그냥······ 그냥 내가 뭔가 하고 있다는 걸 느낄 수 있길 바란 겁니다! 이전보다 조금 더 가치 있게 살 수 있을 거라 생각했으니까요! 하지만 절 보십시오! 그저 점소이일 뿐입니다!"

반악은 물었다.

"점소이의 일은 가치가 없다는 거냐?"

"저도 생업에 귀천은 없다고 생각하고 있습니다! 하지만 전 먹고살기 위해 열혈당에 입당한 것이 아닙니다! 그런 저에게 점소이의 일은 가치가 없는 일입니다!"

"그럼 무공을 배우게 되면 달라질 것 같으냐?"

"지금은 그렇습니다! 훗날 제 심정이 어찌 변할지는 알 수가 없으나, 최소한 당장은 웃으며 살아갈 희망을 얻을 수 있을 것 같습니다!"

반악은 모정배의 속내를 꿰뚫어보겠다는 듯 그를 빤히 쳐다보았다.

'내가 거룡방에 들어갈 때만큼은 아니지만……'

모정배의 모습에서 표정에서 그리고 음성에서 깊은 절박함이 느껴졌다.

사실 그가 지금까지 별달리 화를 내지도 않고 인내심을 가지고 상대해 준 건, 모정배의 모습에서 과거 자신의 모습을 보았기 때문이다.

몰래 훔쳐보는 게 아니라 정식으로 진짜 제대로 무공을 배워 강해지기 위해서, 굴욕과 모욕과 폭력에도 굴하지 않고 거룡방에 입방하기를 원했던 자신의 모습을 말이다.

반악은 잠시 생각하다 고개를 끄덕였다.

"네가 무공을 익힐 수 있도록 해주지."

모정배의 얼굴이 밝아졌다.

"절 제자로 삼아주시는 겁니까?"

"난 시간 낭비는 안 한다니까."

"……?"

"당두에게 말해서 너뿐만이 아니라 백당원들 모두가 차별 없이 무공을 배울 수 있도록 해주겠다. 그리고 강해져서 모두에게 네 능력과 가치를 증명하고, 은당원이 돼봐."

"그럼 은당원이 되면 제자로 삼아주시는 겁니까?"

반악은 짜증난다는 듯 인상을 썼다.

"몇 번을 말해야 알아듣겠냐? 난 그런 걸로 시간 낭비는 안 한다니까. 대신……."

"……?"

"싹수가 보이면 쓸 만한 수법 몇 개는 가르쳐 주겠다."

얼굴이 더욱 밝아진 모정배의 가슴은 기대감으로 부풀어 올랐다.

단지 수법 몇 개라고 했지만 반악과 같은 고수가 가르쳐 주는 수법이라면 어디서든 당당히 내세울 수 있을 만큼 뛰어난 것이 분명할 테니까.

그는 땅에 이마가 닿지 않을까 싶을 만큼 깊이 머리를 숙이며 힘차게 소리쳤다.

"결코 실망시켜드리지 않고 기회를 주신 것에 보답하겠습니다!"

하지만 반악은 코웃음을 쳤다.

"난 기대 같은 거 안 해."

퉁명스럽게 받아친 반악은 이미 어둑해져 버린 길을 따라 마을 쪽으로 사라졌다.

'기회가 왔다!'

견일 등도 없어지고 홀로 남은 모정배는 주먹을 꽉 움켜쥐고 하늘을 향해 치켜들었다.

그는 하늘을 향해 다짐했다.

'이번엔 시간낭비하지 않는다. 반 소협과 같은 대단하신 분과 함께할 수 있는 만큼 온 힘을 다해 노력해서 인정받고 말겠다.'

모정배는 마을 쪽으로 뛰어갔다.

늦어 버린 식재료 심부름을 해야 하기 때문이었다.

하지만 이전의 비참함은, 가치 없다는 기분은 조금도 들지 않았다. 그의 표정과 걸음엔 활기가 넘치고 있었다.

*　　　*　　　*

마을로 돌아온 반악은 곧바로 강학청을 찾아갔고 모정배와 있었던 일을 이야기했다.

"금당원들 중에 몇 사람을 뽑아 하루 한 번 백당원들을 수련시키도록 해. 기초부터 철저하게. 그리고 재능이 있다고 확인되는 백당원에겐 정식으로 무공을 가르치고."

"정식으로요? 어떻게 말입니까?"

강학청은 선뜻 이해가 가지 않는다는 얼굴이었다.

정식으로 가르치려면 그럴 만한 무공과 사람이 있어야 하기 때문이었다.

"금당원들이 백당원들을 자신들의 문하로 받아들이는 거지."

강학청은 난색을 표했다.

"백당원들은 성장 가능성이 큰 어린아이들이 아닙니다. 게다가 금당원들 대부분이 정파출신들이라 모정배와 같이 청사파 조직원 출신의 백당원은 문하로 받아들이려고 하지 않을 겁니다."

반악의 눈동자에 살짝 노기가 어렸다.

'아직도 이런 고루한 생각에 빠져 있다니……'

과거 그가 무공을 배우기 위해 문파에 들어가고 싶어도 들어갈 수 없었던 것은 정사를 망라하고 무림인들 대부분이 이런 가치관을 가지고 있었기 때문이 아니던가.

"그럼 설득해. 출신을 따져 어찌 힘을 키울 수 있겠냐고. 아무나 받으라는 게 아니라, 의지가 있고 재능이 있고 노력하는 사람이라면 나이와 출신을 따지지 말고 적극적으로 받아들여야 한다고."

강학청은 반악의 말을 듣고 깨달아지는 게 있었는지 반성어린 표정을 지었다.

"제 생각이 짧았습니다. 책임지고 당원들을 설득하겠습니다."

반악은 자리에서 일어섰다.

그리고 말했다.

"옛날 생각은 버려. 우리가 스스로 특별한 존재라는 인식을 계속 갖고 있으면 절대 거룡성을 이길 수 없다."

"명심하겠습니다."

반악은 강학청의 집무실을 나왔다.

'잠이나 잘까. 아니면……'

누군가를 만나러 가도 될 것이었다.

반악은 잠시 고민하다가 정문 쪽으로 발걸음을 옮겼다.

*   *   *

진가장 심처.

부용설은 한쪽 문만 열어놓은 창가에 기대서서 밤하늘을 바라보고 있었다.

'너무 캄캄해.'

밤하늘 가득 짙게 깔린 구름이 달과 별을 완전히 가리고 있었다.

하루 내내 흐릿하더니, 조금 있으면 빗방울이 떨어질 것만 같았다.

"후……"

부용설은 저도 모르게 한숨을 내쉬었다.

'마음이 왜 이리도 심란한지 모르겠구나.'

심란하다기보다는 가슴에 구멍이 뚫려 버린 것처럼 허하다는 게 더 알맞은 표현이었다.

'그 사람 때문일까?'

최근 매일같이 그러했던 것처럼 어둑한 하늘을 바라보며 반악을 떠올렸다.

처음엔 몰랐다. 그를 떠올리는 건 단지 그녀를 반대하는 장원의 중진들을 처리하기 위해 맺었던 거래를 그가 완전히 마무리하기 위해서 찾아오지 않는다는 것에 화가 났기 때문이라고 여겼다.

하지만 아무리 기다려도 그가 오지 않자 그녀는 결국 참지 못하고 직접 반악을 찾아가기 위해 장원을 나섰다. 하지만 그는 려강에 있지 않았다. 강학청의 말로는 중요한 일이 있어 외지로 나가있다고 했다.

그 말을 듣고 돌아온 후부터 부용설은 다른 일에 집중하기가 힘들었다. 시간이 흐를수록 더욱 심해졌고, 이제는 하루란 시간이 너무나 길게 느껴질 정도였다.

'나보다도 더 어린 사내 하나 때문에 이렇게 괴로워하다니…….'

스스로가 너무 바보처럼 느껴졌다.

이래서는 안 된다는 생각을 하면서도 감정을 조절하기가 힘들었다.

'그가 보고 싶다.'

그녀는 그리웠다.

왜 이리도 감정적으로 변해 버린 것인지, 어느 사이엔가 그를 이렇게나 좋아하게 되어 버렸는지도 몰라 바보 같다고 스스로를 질책하면서도 반악에 대한 생각을 떨칠 수가 없었다.

처음이기 때문일 것이다.

단순히 육체적 관계를 맺어서가 아니라, 반악은 그녀가 처음으로 마음속에 담아 버린 남자이기 때문일 것이다.

후두둑.

한두 방울 떨어지기 시작하던 빗방울이 굵어지고 양을 늘려 갔다.

창밖 풍경 가득 비가 떨어지는 걸 바라보는 부용설의 눈동자에 눈물이 그렁거렸다.

그녀는 눈물을 참기 위해 이를 악물고, 텅 비어 버린 듯한 가슴을 손으로 꾹 눌렀다. 빗방울만큼이나 거세게 몰아치는 외로움을 견뎌내기 위해 안간힘을 썼다.

"……?"

문득 부용설의 얼굴에 의아한 표정이 지어졌다.

창밖을 향해 있는 그녀의 시선 끝 정원 너머 수목 사이로 뭔가가 보였던 것이다.

마친 사람의 윤곽 같은…….

'아!'

그 사람이다.

어둑한 시야와 거센 빗방울 때문에 명확하게 이목구비를 볼 수가 없었지만 반악일 거라는 느낌이 강하게 들었다.

'돌아온 거야.'

려강으로 돌아왔기에 그녀를 찾아온 게 분명했다.

탁.

부용설은 잠시 멍하니 있다가 급히 창문을 닫아 버렸다.

방금까지 반악이 너무 보고 싶어 눈동자 가득 눈물을 그렁 거렸음에도, 막상 그가 자신을 찾아왔다는 걸 알게 되자 어찌해야 할지 갈피를 못 잡고 있었다.

그러다 퍼뜩 뭔가를 깨달은 부용설은 문 쪽으로 뛰어갔다.

문을 열자 바로 옆에 의자를 놓고 앉아 있는 인승이 보였다. 며칠 전 다친 상처를 치료하고 돌아온 뒤로 매일 밤 그녀의 방을 지키고 있었던 것이다.

인승은 의자에서 일어나 왜 그러냐는 표정을 지었다.

'얘는 그가 정원에 나타난 걸 아직 모르는구나.'

그녀가 듣기로 무공이 고강한 무림인 중에는 상대가 알아채지도 못하게 접근할 수 있는 능력도 가졌다고 하질 않는가.

'하긴 그는 스스로 강하다고 거리낌 없이 이야기할 정도로 대단한 사람이니까.'

허풍이 아니라는 건 패왕보의 신임보주가 그녀를 찾아와 사과했던 것으로 충분히 증명되었다.

'아, 그럼 내가 그가 나타난 걸 알 수 있었던 건……'

반악이 그녀가 볼 수 있도록 고의로 모습을 드러냈다는 의미였다.

생각이 거기에 미치자 부용설의 가슴은 더욱 급하게 뛰기 시작했다. 반악이 그녀를 의식하고 있다는 뜻이기 때문이다.

"인승아, 오늘은 나 혼자 있고 싶으니 그만 거처로 돌아가 쉬거라."

"……."

인승은 잠시 부용설의 얼굴을 가만히 쳐다보다가 고개를 끄덕이고 그의 방 쪽으로 사라졌다.

부용설은 다시 방으로 들어갔다. 그리고 곧장 거울 앞으로 달려가 얼굴과 옷매무새를 살폈다. 그의 앞에서 조금이라도 못난 모습을 보일 수는 없었으니까.

'이럴 줄 알았으면 화장이라도 해둘걸.'

사실 그녀는 얼굴을 가꾸는 것에 익숙하지 않았다.

화장하지 않은 맨 얼굴로도 남들에게 칭송받을 만큼 아름답기도 했지만, 작고한 진 장주를 포함해서 예쁘게 가꾸어 보여주고 싶은 남자가 없어 필요성을 느끼지 않았던 것이다.

그러나 오늘은, 지금 이 순간은 그런 자신이 원망스러울 지경이었다.

똑똑.

문을 두드리는 소리에 부용설은 화들짝 놀라 문 쪽으로 돌아섰다.

그녀는 두근거리는 가슴을 진정시키기 위해 호흡을 길게 내쉰 다음 문으로 걸어갔다.

끼익.

평소엔 인식하지도 못했는데, 지금은 문이 열리는 소리가 천둥처럼 크게 들렸다.

"······!"

바로 문 앞에 서 있는 반악을 보고 부용설은 저도 모르게 숨을 크게 삼켰다.

그녀는 머리부터 발끝까지 비에 젖은 그의 모습에서 안타까움과 반가움을 동시에 느꼈다.

반악은 얼굴로 흘러내리는 빗물을 손으로 닦아내며 물었다.

"수건 있소?"

부용설은 퍼뜩 정신을 차리고 고개를 끄덕였다.

"일단 들어와요."

부용설은 그녀 특유의 차갑고 퉁명스런 말투로 말을 하고 휙 돌아섰다.

'아, 싫다. 난 왜 이렇게 차갑게 말을 하고 있는 거야.'

그녀는 내심 조금 더 부드럽게 대답하지 않은 자신을 원망하고 질책했다.

하지만 이미 뱉어 버린 말을 후회한들 무슨 소용이겠는가.

'이제부터 부드럽고, 차분하게 말하고 행동하는 거야.'

부용실은 내심 다짐하고, 또 다짐했다.

허나 수건을 가지러 가는 그녀의 걸음은 자연스럽지 못하고 딱딱했다.

왜?

긴장해서였다. 돌아보지 않아도 반악이 보고 있다는 걸, 그의 시선이 자신을 향하고 있다는 걸 너무도 분명하게 느끼고 있었기 때문이다.

부용설은 수건을 가져와 반악에게 내밀었고, 최대한 담담한 표정을 지으려 애쓰면서 말했다.

"오늘은 몰래 숨어들어오지 않았군요."

반악은 수건으로 젖은 머리를 털어내며 살짝 웃었다.

"이젠 부 부인이 진가장의 주인이니 그럴 필요가 없잖소. 그리고 싫어하는데 굳이 계속할 필요는 없지."

"기특하군요."

"그게 나이를 먹을 만큼 먹은 사내에게 할 수 있는 칭찬이오?"

"그래도 칭찬이잖아요."

"뭐 그렇기는 하지만……."

반악은 어깨를 으쓱이며 그녀를 지나쳐 의자에 앉았다.

마주 앉은 부용설은 차를 따라주면서 물었다.

"옷을 벗는 게 좋지 않겠어요?"

순간 부용설의 얼굴이 살짝 붉어졌다.

젖은 옷을 입고 있으면 좋지 않다는 의미로 한 말인데, 물어 놓고 보니 오해를 불러올 수도 있겠다는 생각이 들었기 때문이다.

하지만 그녀에겐 다행스럽게도 반악은 별다른 표정변화가 없었다.

"이 정도는 내게 아무런 문제가 되지 않소."

"그러다 고뿔이라도 걸리면 어쩌려고요. 최소한 상의라도 벗으세요."

"내가 걸치고 있을 만한 옷은 있소?"

"그건……."

그녀의 방에 사내가 입을 만한 옷이 있을 리가 없었다.

물론, 시녀들을 시켜 가져오게 하면 되지만, 야밤에 반악과 같이 있는 걸 또다시 보여줄 수는 없었다. 아니, 지금은 그와 단둘이 있는 시간을 방해받고 싶지 않다는 게 더 정확한 표현이리라.

"그럴 줄 알았소."

반악은 일어나 상의를 벗기 시작했다.

부용설은 깜짝 놀라 고개를 돌리며 소리쳤다.

"지금 무슨 짓이에요!"

"오해하지 마시오. 부 부인이 신경 쓰지 않도록 그냥 옷을 말리려는 것뿐이니까."

상의를 벗은 반악은 내공을 운용해 손에서 양기를 발산하고 동시에 옷을 강하게 털었다.

팡. 팡. 팡.

단 세 번 만에 물기가 빠진 옷은 양기까지 머금으며 순식간에 바짝 말랐다.

"대단하군요."

부용설은 감탄했다.

이런 식으로 옷을 말리는 광경은 처음 보았으니까.

"그게 무공이란 건가요?"

"넓게 보자면 무공이라 할 수도 있겠지만, 그보다는 기술이라고 하는 게 더 알맞은 표현일 거요."

"어쨌든 쓸모가 있네요."

반악은 상의를 다시 걸치며 어깨를 으쓱였다.

"크게 쓸모 있는 건 아니오. 이렇게 응용되기도 하지만, 무공이란 건 결국 사람을 해하는 목적으로 사용될 수밖에 없으니까."

최근 무공에 대해서 깨달음 비슷한 느낌을 가지게 되었지만, 기본적으로 가지고 있던 생각이 뒤바뀐 것은 아니었다.

"상의는 해결됐는데 하의는 벗기가 그렇군. 따끈하게 데운 술이나 한 잔 주시오."

"당신은 이곳이 주점이라도 된다는 듯 술만 찾는군요."

그리 말을 하면서도 부용설은 다시 얼굴을 붉혔다.

지난번 반악과 술을 마시고 잠자리를 같이 했던 기억이 떠오른 것이다.

그녀는 반악에게 붉어진 얼굴을 보이지 않기 위해 급히 고개를 돌리며 일어섰다.

"하지만 이곳까지 찾아왔으니 술 한 잔 정도는 대접해야겠죠. 잠깐만 기다리고 있어요."

반악은 부용설이 방을 나가자 조용히 한숨을 내쉬었다.

'뭘 어떻게 해야 할지 모르겠군.'

반악은 술 생각이 나서 찾아온 것이기도 했지만, 다른 한편으로는 부용설을 안고 싶다는 마음이 있었다.

아니, 술보다는 부용설의 부드럽고, 따듯한 품이 더욱 간절했다.

하지만 진실한 속내는 어떠한지 몰라도 변함없이 퉁명스럽고, 차가운 분위기를 발산하는 부용설과 그러한 분위기를 만들어 가기가 쉽지 않았다.

그래서 술을 마시자고 한 것이다. 딱딱한 분위기를 푸는 데는 술만큼 좋은 게 없었으니까.

지난번 부용설과 예상 못한 첫 경험을 가지게 된 것도 술을 마시면서 이전까지 투덕거리기만 했던 두 사람 사이의 분위기가 부드럽게 전환되었기 때문임을 감안하면, 반악으로서 최선의 선택이라 할 수 있었다.

그러나 술만 마신다고 다 해결되는 건 아니었다. 분위기를 부드럽게 만들 만한 대화가 필요한 것이다.

'그때 내가 무슨 말을 했었지?'

아무리 생각을 해봐도 딱히 기억이 나는 건 없었다.

워낙 많은 양의 술을 마셨고 둘 다 경쟁하듯 빠르게 마셨기 때문에 떠올릴 만한 대화 자체가 없다고나 할까.

이때 부용설이 작은 술 단지 하나와 잔 하나를 쟁반에 담은 채로 들어왔다.

"안주는 없어요."

"따듯한 술이면 충분하오. 그런데 부 부인은 안 마실 거요?"

"내키지 않는군요."

고개를 내저은 부용설은 반악에게 잔을 건네고 술을 따라주었다.

'좋군.'

잔은 따듯했고, 느낌이 좋은 열기가 올라왔다.

헌데, 반악은 잔을 들고만 있을 뿐 마시지는 않았다.

'마음에 안 든다.'

문득 자신이 취기로 용기를 얻고 분위기를 전환하고 결국 부용설을 품에 안는다는 생각을 하고 있다는 게 기분 나빠졌다.

'이럴 거면 그냥 기루를 찾아갔어야지.'

단순히 욕망만을 채우고자 했다면 부용설을 찾아오지 말았어야 했다.

돈만 있으면 쉽게 안을 수 있는 여자들이 있는데 무엇 때문에 이곳까지 왔단 말인가.

예전 노호채를 괴멸시키고 나서 안휘로 향하던 여정이 떠올랐다. 그때 노호채 채주의 며느리인 월은의 유혹은 집요했고, 쉽게 떨치기 어려운 것이었다.

하지만 결국 참아내지 않았던가.

그러한 관계는 자신이 진정 원하는 게 아니라 생각했기 때문이다.

'술의 힘을 빌어서 여자를 안겠다는 건 멍청하기 그지없는 생각이다.'

그리고 그답지 않은 행동이기도 했다.

'그렇다면 난 왜 이 여자를 찾아온 거지?'

그날 부용설과의 술자리는 편안하고 기분 좋았으니까.

술기운으로 인해 우발적으로 일어났지만 부용설은 그의 첫 경험 상대였으니까.

그리고 다시 그때의 기분을 느끼고 싶었으니까.

반악은 잔을 내려놓았다.

"왜 안 마시나요? 술이 너무 뜨거운가요?"

"딱 적당하오."

"설마 안주가 없어서 마시지 않겠다는 건 아니겠죠?"

"안주는 필요 없소."

부용설은 이해가 가지 않는다는 표정을 지었다.

하지만 곧 반악이 뭔가 달라졌다는 걸 느끼고 살짝 당황했다.

'왜 저런 눈빛으로 보는 거지?'

그녀를 똑바로 바라보는 반악의 시선은 강렬했다.

조금 전까지의 담담한 눈빛이 아니었다. 열기와 열망이 느껴졌다.

'설마……'

눈빛의 의미를 감지한 부용설은 바짝 긴장했고, 다른 한 편으로는 스스로도 놀랄 만큼 강한 기대감을 품기 시작했다.

*   *   *

'할 수 있다.'

반악의 심장은 거세게 뛰고 있었다.

그는 지금 큰 결심을 한 상태였다.

'배희의 말에 의하면 때론 솔직한 게 더 여자의 마음을 얻기가 쉬울 수도 있다고 했지.'

지금 해당하는 경우인지는 자신할 수가 없었다.

하지만 다른 방법은 떠오르지 않았다.

그래서 반악은 말했다.

"난 당신을 원하오."

"……!"

부용설의 얼굴이 붉어졌다.

그는 반악의 시선을 피해 고개를 돌리며 말했다.

"무, 무슨 말을 하는 거예요."

반악은 일어섰다.

그리고 부용설에게 다가가 그녀의 어깨에 손을 얹었다. 부용설이 움찔하는 게 느껴졌다. 하지만 그 반응이 싫기 때문이라는 생각이 들지 않았다.

헌데 부용설이 갑자기 반악의 손을 밀어내고 벌떡 일어나며 화를 냈다.

"내가 그렇게 쉬운 여자로 보이나요!"

반악은 살짝 당황했다.

'내 생각이 틀렸나?'

또 실수를 한 것인가 하는 생각에 거절당할 것 같다는 불안감이 엄습했다.

하지만 이미 엎질러진 물.

'이왕 시작한 거 따귀를 맞을 각오로 해보자.'

물론, 진짜 따귀를 맞을 생각은 없었지만.

"쉬운 여자를 찾기 위해서라면 기루에 갔겠지. 난 단지 내가 원하는 여자를 만나러 온 거요."

분명 부용설이 생각났기 때문에 온 것이니 절대 거짓이 아니었다.

하지만 이런 말이 부용설의 화를 가라앉힐 수 있을까?

반악은 조마조마한 마음으로, 하지만 겉으로 절대 드러내지 않고 부용설을 똑바로 쳐다봤다.

배희의 말대로라면 이럴 때 시선을 피해서는 안 되기 때문이었다.

"......!"

부용설의 눈동자가 흔들렸다.

'통했나?'

반악은 더 무슨 말을 해야 할까를 고민했다.

그러나 더 이상 할 말도 없고 왠지 이제는 말보다 행동을 취해야 한다는 느낌이 강하게 들었다. 그래서 다시 부용설의 어깨에 손을 얹었다.

이번엔 움찔하는 게 느껴지지 않았다.

그저 부용설의 낯빛이 눈에 띄게 붉어지고, 호흡이 조금 더 빨라지기만 했다.

반악은 바짝 다가가 다른 손으로 부용설의 뺨을 감쌌다.

"나, 난……."

부용설은 뒤로 물러났다.

하지만 한 걸음일 뿐이었다.

'진짜 싫다는 걸까, 아니면…….'

반악은 마음을 굳게 먹고 다시 바짝 다가가 뺨을 양손으로 감쌌다.

이번엔 물러나지 않았다. 반악이 뺨을 감싸고 있기 때문인지 얼굴을 돌리지도 않았다.

'됐다.'

반악은 확신했고, 천천히 얼굴을 기울여 자신의 입술을 부용설의 입술에 가져다댔다.

'부드럽다.'

부용설의 입술은 부드럽고, 매끄럽고, 따뜻했다.

반악에게 있어 첫 입맞춤이었다.

우습게도 첫 입맞춤의 상대가 이미 한 번 잠자리를 가진 첫 경험의 상대였지만, 그런 건 전혀 문제가 되지 않았다.

반악은 한 손으로 부용설의 허리를 두르며 꼭 끌어안고 더욱 강하고 깊게 입을 맞추었다.

처음엔 수동적으로 받아들이는 듯했던 부용설도 어느 순간부터 양팔을 올려 반악의 목을 감고 매달리듯 자신 쪽으로 끌어당겼다.

길고 긴 입맞춤이었다.

하지만 두 사람은 전혀 길다고 느끼지 않았다. 반각의 시간이 한순간처럼 흘러가 버렸다.

"⋯⋯."

아쉬움을 담고 두 입술이 천천히 떨어졌다.

붉어진 볼과 결코 진정될 것 같지 않은 거친 숨결, 그리고 열망으로 가득 찬 눈빛.

말은 필요 없었다.

굳이 말로 표현하지 않아도 두 사람은 상대가 아직 만족하지 않았음을, 뭔가 더 일어나기를 간절히 바라고 있음을 분명하게 알 수가 있었다.

반악과 부용설은 서로의 입술을 닿을 듯 말 듯 가까이 두고, 뜨거운 눈빛으로 상대의 눈을 응시하며 달콤하게만 느껴지는 숨결을 깊이 받아들였다.

반악은 부용설을 번쩍 안아들고, 침상으로 걸어갔다.

"불을……."

침상에 눕혀진 부용설이 부끄러운 듯 등불을 쳐다봤다.

반악은 돌아보지도 않고 뒤쪽을 향해 손을 휘저었다. 그러자 등불이 강력한 바람에 휩쓸리며 꺼졌고, 방 안은 순식간에 어둠에 휩싸였다.

보통 사람은 한치 앞도 보기 힘들만큼 캄캄한 어둠.

그리고 어둠 속에서 두 사람이 차근히 만들어내는 열기는 세상 그 어떤 열기와도 비교할 수 없을 만큼 뜨거웠다.

쏴아아아.

더욱 거세진 빗방울은 폭우가 되어 진가장을, 그리고 려강을 가득히 뒤덮어갔다.

第二十七章

한 번 열려 버린 하늘은 사흘 동안 내리 비를 쏟아내고도 그칠 생각을 하지 않았다.

금방이라도 그칠 것처럼 가느다란 보슬비가 되었다가 어느 순간 성난 폭우로 변해 쏟아지고, 다시 보슬비가 되길 반복했다.

그래도 다행스런 점이라면 폭우보다 보슬비로 내리는 시간이 많아 물난리가 나지 않고 있다는 것이었다.

하지만 려강의 활력은 밑바닥으로 떨어졌다.

비 때문에 대부분의 사람들이 집에서 시간을 보냈고, 자연히 손님들이 줄어드니 많은 상점들이 일찍 장사를 접었고, 그

나마 꿋꿋하게 버티는 상점들도 신시(申時; 오후 3~5시)쯤이면 문을 닫고 집으로 돌아가 버렸다.

심지어 객잔과 주점, 기루까지도 영향을 받아 평소 매상의 절반으로 뚝 떨어질 정도였다.

당연히 거의 모든 려강의 현민들은 지겹도록 내리는 비와 우중충한 날씨를 원망하고, 저주했다.

하지만 어떤 사람들의 경우엔 그 반대였다.

이를테면, 반악과 부용설처럼 며칠 동안 밤낮을 잊은 듯이 서로를 탐구하며 시간을 보내는 사람들 말이다.

*   *   *

반악은 눈을 떴다.

낮인데도 불구하고 방 안은 어둑했다. 창문은 닫혀 있고, 해는 구름에 가려져 있었기 때문이다.

반악은 옆으로 고개를 돌렸다.

"……."

탐스럽고 매끈한 몸을 가감 없이 드러내고 있는 나신의 부용설이 잠들어 있었다. 그를 향해 누운 채로 마치 잘 때조차 떨어질 수 없다는 듯 그의 허리를 팔로 꼭 감싸고서.

'곤히도 자는군.'

사실 그녀가 이렇듯 깊이 잠든 것은 반악 때문이었다.

사흘 동안 먹고 자는 시간을 빼고 하루에도 몇 번이나 격정적인 교합을 가졌으니 피곤할 수밖에.

'너무 심했나?'

반약은 부용설이 깨지 않도록 조심스럽게 모로 누워서 쌕쌕거리며 자고 있는 그녀의 얼굴을 마주 쳐다보았다.

'내가 이런 생각까지 하게 될 줄은 몰랐지만……. 자는 모습도 예쁘다.'

이목구비 하나하나 따로 떼어놓아도 예쁠 것 같다는 생각이 들었다.

'과거를 생각하면 신기하기까지 하군. 이렇게 아름다운 여자랑 누워 있다니…….'

잔혹마 시절에는 상상하기 힘든 일이었다.

물론, 기루에서 절대 거부할 수 없을 거금을 쓰거나, 납치해서 강제로 했더라면 불가능한 일은 아니었을 것이다. 하지만 말 그대로 그런 상황은 상상조차 하지 않았었다.

'내가 원하는 건 그렇게 금전적이고 추잡스럽고 더러운 짓거리가 아니라…….'

진정 스스로 함께 있기를 원하는 여자와 하고 싶었기 때문이다.

아마도 그를 알고 있는 사람들은 어울리지 않게 너무 이상적이고 정서적인 가치관이라 할 수도 있겠지만 반약은 전혀 그리 생각하지 않았다.

그건 감정적인 문제가 아니라, 자존심이 걸린 것이니까.

'환골탈태하지 않았다면 지금까지도 가능성 없는 상황이었겠지만.'

새삼 자신의 달라진 모습에 기쁘고, 안도가 되었다.

'그렇게 따지면 그 잡것들에게도 고마워해야 하나?'

그가 이십 년 동안 노력한 것과는 별개로, 홍문한의 계략에 빠져 죽을 뻔했던 상황이 환골탈태의 시발점이 되었다고 봐야 하니까.

'그들 덕분이란 걸 인정하자.'

원한과 분노, 그리고 그들의 의도가 무엇이었느냐 하는 점과는 별개로 인정할 것은 인정해야 하니까.

'고통 없이 죽여주면 되겠지.'

깔끔한 죽음.

그것으로 홍문한 등에게 환골탈태하도록 도움을 주어 고맙다는 인사를 대신할 생각이었다.

남들이 그런 생각을 알게 되면 그게 무슨 고맙다는 인사냐 하겠지만, 그들을 지독히 고통스럽게 괴롭히다 죽이려고 했던 반악으로서는 크게 양보한 셈이 아니던가.

'내가 본래의 결심을 바꾸겠다고 하는 것 자체가 큰 변화지.'

그리고 지난 며칠 동안 부용설과 함께 했던 시간들도 그 변화에 적지 않은 영향을 끼쳤다.

반악은 부용설의 **뺨**으로 흘러내린 머리카락을 조심스레 쓸어 올려주며 따스한 시선으로 바라봤다.

그는 지금껏 그 누구도, 심지어 짝사랑했던 그녀조차도 이런 식으로 바라본 적이 없었다.

"으음."

부용설이 몸을 뒤척이자 반악은 얼른 손을 치웠다.

'웃기는군.'

타인이 잠에서 깰까봐 마음을 졸이다니.

반악은 자신의 행동이 어이가 없으면서도 재밌게 느껴졌다.

'응?'

갑자기 반악의 시선이 천장으로 향했다.

누군가 지붕을 타고 움직이고 있었다. 게다가 아주 조용하고 은밀해서 어느 정도 수준 이상의 감각을 지닌 고수가 아니라면 절대 알아챌 수 없을 정도였다.

하지만 반악은 긴장하지 않았다. 누구인지 알고 있기 때문이었다.

반악은 부용설이 깨지 않도록 천천히 팔을 치우고, 이불로 그녀의 몸을 덮어준 뒤 침상을 빠져나와 옷을 걸쳤다.

그는 조용히 문으로 걸어가 살짝 열었다.

문 밖에는 견일이 있었다.

그는 반악이 밖으로 나와 조용히 문을 닫자 머리를 숙이며 말했다.

"강 당두의 말을 전해 드리러 왔습니다."

강학청이 직접 오지 않고 견일이 그의 말을 전하는 것에는 나름의 이유가 있었다.

반악은 부용설과 같이 밤을 보낸 다음 날 찾아온 견일에게 절대 자신이 어디에서 누구와 함께 있는지 알리지 말고, 그 누구도 자신을 방해하는 일이 없도록 하라고 지시했다.

그리고 너무나 중요한 일일 경우에만 특별히 견일의 방문만을 허락했던 것이다.

"뇌혁강과 본거지로 갔던 당원들이 당주의 서신을 가지고 돌아왔는데, 강 당두보고 주인님과 함께 본거지로 오라고 했답니다."

"흠."

아예 예상 못한 소식은 아니었다.

려강에서 많은 사건들이 일어나면서 뇌혁강이 부상까지 입어 본거지로 귀환했고, 강학청이 새로운 책임자가 되었으니 당주가 한 번쯤은 부를 것이라 생각했던 것이다.

같이 오라는 것도 마찬가지였다. 남궁세가의 후인을 자처하는 사람이 나타났는데 당주가 반응을 보이지 않는다면 그게 더 이상한 일일 테니까.

'하지만……'

이렇게 빠를 줄은 몰랐다.

반악이 입당을 한 지는 두 달도 되지 않았다. 규칙상 반년의 관찰 기간이 필요한 만큼, 본거지에서 사람들이 파견되어 그에 대해 알아보다가 반년을 꽉 채웠을 때나 본거지로 갈 수 있을 거라 생각했던 것이다.

당주는 고변책의 경우에도 규칙은 규칙이다, 라는 개념을 적용하지 않았던가.

'그만큼 남궁세가의 무게가 크기 때문이겠지.'

반룡복고당이 남궁세가의 이름을 얻게 되면 안휘 무림인들에게 결코 작지 않은 반향을 일으킬 것이 분명했으니까.

'아니면……'

남궁세가의 무공을 알고 있을 가능성이 높은 당주가 직접 사실 여부를 확인하려는 것인지도 몰랐다.

'어쨌든 잘된 일이군.'

이전부터 당주란 자를 만나 그의 인물 됨됨이를 알아보고 싶었기 때문이다.

그리고 그 결과에 따라 계속 남아 있을지, 아니면 탈당하여 독자적으로 활동할지를 결정할 생각이었다.

'혹은 당주를 죽여 반룡복고당을 내 수중에 넣는 것도 나쁘지 않겠지.'

물론, 세력을 이끌며 어쩌고저쩌고 하는 것에 흥미가 없는 반악에게는 매우 극단적인 경우에 해당되는 선택이 될 것이다.

"강 당두에게 조금 뒤에 찾아간다고 해."

"예, 주인님."

견일은 즉각 지붕으로 뛰어올라 사라졌고, 반악은 조용히 문을 열고 방으로 들어갔다.

반악은 침상에 올라가 부용설의 귓가에 자그맣게 속삭였다.

"용설."

"으음……."

부용설의 눈이 살짝 떠졌다.

그녀는 자신을 내려다보는 반악의 얼굴을 마주 쳐다보며 미소 지었다. 그리고 장난스럽게 말했다.

"설마 또?"

반악은 웃었다.

얼마 전까지만 해도 그녀를 대표하는 건 차가운 표정과 퉁명스런 말투였는데, 지금은 애교 넘치는 말투로 그를 웃게 하고 있는 깃이다.

하지만 반악도 마찬가지였다. 그의 말투 역시 이전과는 너무나 다르게 부드러웠으니까.

"일이 생겨서 지금 나가봐야겠소."

"우울한 소식이네요."

"금방 돌아오겠소."

"언제까지요?"

"늦어도 유시(酉時; 오후 5~7시)까지는 돌아올 수 있을 거요."

"그럼 같이 식사할 수 있도록 준비시켜 둘게요. 늦으면 안 돼요."

"알겠소."

반악은 빙긋이 웃으며 침상에서 물러나왔다.

부용설은 그의 손을 꼭 잡고 있다가 아쉬운 표정을 얼굴 가득 지어보이며 놓아 주었다. 그리고 반악이 방을 나가고도 한참 동안 문만 바라보았다.

부용설은 혼자 남았다.

'벌써 보고 싶어.'

우습게도 부용설은 방금 나간 반악이 그리웠다.

그의 눈빛과 입술과 손길이 지금 당장 자신을 향해 다가오길 바라고 있었다. 그를 쫓아나가 가지 말라고, 그냥 함께 있자며 붙잡고 싶은 마음이었다.

하지만 참아야 했다.

'돌아올 거니까.'

부용설은 웃었다.

반악이 다시 돌아와 함께 있을 거라는 생각만으로도 기쁘고, 즐거웠다.

부용설은 침상에서 일어났다.

'음식을 준비하도록 지시하고 옷을 사러 가야겠어.'

그녀는 행복감으로 한껏 들떠서 옷을 걸치고 방을 나섰다.

　　　　　　*　　　　　*　　　　　*

　들어갔을 때처럼 아무도 모르게 은밀히 진가장을 빠져나온 반악은 대로를 따라 걸어갔다.

　"나리, 우산 사십시오!"

　비가 오면 가장 희희낙락해야 할, 하지만 첫날을 제외하고 오가는 사람이 너무 없어 크게 재미를 보지 못해 울상을 짓고 있던 우산 장수가 얼른 뛰어와 짚으로 만든 우산을 내밀었다.

　그러나 반악은 고개를 내저었다.

　"필요 없소."

　"그렇게 그냥 다니시다가 옷이 다 젖어서 감기라도 걸리시면 어쩌려고 그러십……."

　반드시 설득시키고 말겠다는 듯 열정적으로 말을 늘어놓던 우산 장수는 문득 반악의 옷을 보고 입이 떡 벌어졌다.

　'옷이 하나도 안 젖었잖아?'

　아무리 보슬비가 내리는 중이라 해도 비는 비였다.

　지극히 보편적이고 상식적인 관점으로 보자면 옷이란 물기에 닿으면 젖기 마련인데, 어떻게 이렇듯 멀쩡할 수 있단 말인가.

　우산 장수는 눈을 크게 뜨고 다시 살펴보았다.

　"헉!"

　그는 헛바람을 내지르며 뒤로 물러났다.

경악스럽게도 빗방울이 옷에 닿기도 전에 튕겨나가고 있었던 것이다.

"어, 어떻게!"

그는 귀신이라도 본 것 같이 두려운 눈빛으로 반악을 쳐다보았다.

하지만 반악은 원하기만 하면 전신으로 공력을 발출하여 빗방울을 막아낼 수 있을 만큼의 고수였다. 우산 장수는 그걸 모르기 때문에 이런 반응을 보이고 있는 것이다.

'하긴 놀라도 이상할 건 없지.'

따지고 보면 무공이 쓸모 있다고 했던 부용설의 말이 맞았다.

단지 이렇듯 실생활에 응용할 정도의 고수가 드물고, 그 정도의 고수라고 해도 대부분은 다른 방향으로 사용하는데 더 집중하고 있을 뿐이었다.

'계속 그녀와 관련된 생각만 하는군.'

방을 나서고부터 계속 그랬다.

지금 이 순간도 그녀를 안고 싶어서 그냥 다시 돌아갈까, 하는 생각을 할 정도였다.

'남자가 여자를 알아 버린다는 게 이런 거였군.'

솔직히 사랑이라거나, 마음 깊이 좋아한다거나 하는 감정은 아니었다.

하지만 부용설과 함께했던 사흘의 시간은 꿀처럼 달콤했다.

그래서 계속 함께 있고 싶고, 지금도 다시 돌아가고 싶은 것이다.

'굳이 다른 이유를 찾을 필요는 없다.'

그러한 마음만으로도 반악은 충분하다고 생각했다.

마흔이 넘어서야 처음 시작한 관계에 달리 무슨 의미를 찾을 수 있겠는가.

그저 느끼는 그대로 기뻐하고, 즐거워하면 되는 것이다.

반악은 조금 더 빠르게 걷기 시작했다. 얼른 강학청과 이야기를 끝내고 돌아가기 위해서였다.

*　　　　*　　　　*

집무실에는 강학청뿐만이 아니라 육중포도 함께 자리하고 있었다.

육중포는 안으로 들어서는 반악에게 섭섭하다는 듯 말했다.

"반 소협, 이제야 얼굴을 보게 되는구려. 그런데 곧 본거지로 가야 한다 들었소. 술 한 잔 하고 싶었는데 또 한동안은 려강을 떠나 있어 얼굴 보기가 힘들 테니, 아쉽게 되었소."

말주변은 없어도 그는 확실히 솔직한 사람이었다.

예의상 하는 말이 아니라 진심이라는 게 얼굴에 드러나 보이는 것이다.

그래서 반악도 거부감 없이 받아들였다.

"갔다 오는데 오래 걸리지는 않을 거라 생각하오. 돌아오면 한 잔 합시다."

"하하하! 그럽시다, 반 소협. 돌아오면 꼭 한 잔 하는 겁니다. 그럼, 난 이만 나가볼 테니 이야기들 나누시오."

이미 용무가 끝난 육중포가 두 사람에게 포권을 취해 인사하고 집무실을 나가자 반악은 강학청과 마주 앉았다.

"육 주인은 무슨 일로 온 거지?"

"제가 본거지로 가 있는 동안에 그가 려강을 맡기로 해서 몇 가지 알려줄 것도 있고, 백당원들에게 무공을 가르치는 일들에 대해서도 논의를 했습니다."

"그 문제에 대해선 당원들이 모두 수긍했나?"

"처음에 몇몇이 우려를 표하기는 했지만 의외로 쉽게 수긍을 했습니다. 다만, 사문의 무공을 전수하는 문제에 대해서는 육 주인을 제외하고 대부분 독자적으로 판단할 위치에 있지 않은지라, 제가 본거지로 가는 길에 허락을 청하는 그들의 서신을 각 사문의 어른들에게 전할 것입니다. 그래서 백당원들을 가르치는 건 당분간 육 주인과 육씨 형제가 전담하기로 했습니다."

"그건 그렇고, 당주의 서신에 다른 내용은 없어?"

"없었습니다. 서신을 가져온 당원들에게도 아무 말 하지 않았다고 합니다. 이번 소환은 저보다는 주군께 초점이 맞춰져 있는 만큼 모든 걸 신중히 하겠다는 뜻이겠지요."

"그냥 둘만 가면 된다?"

"그렇습니다."

"내 종들도 같이 가겠다고 하면?"

"글쎄요. 그 문제는 저도 확답을 드리기가 힘들군요. 일단 서신에는 저와 주군만 명시되어 있는지라……."

"난 그들도 같이 갈 수 없다면 가지 않겠다."

십 일 정도 후에 그들의 몸에 심어둔 기운이 발동할 거라는 이유 때문만은 아니었다.

반룡복고당이라고 해서 절대적으로 안심할 수 있는 곳이라고 단언할 수 없었다. 그래서 혹시라도 생겨날 수 있는 모든 위험성을 감안했을 때 그들과 함께 가는 게 어느 정도의 안전을 확보할 수 있지 않겠는가.

특히 몸이 단단한 염서성이 아주 훌륭한 방패막이 될 수 있을 것이었다.

"주군께서 그리 말씀하신다면 같이 갈 수밖에 없겠지요. 지금 다시 서신을 보내 답변을 받기에는 시간이 너무 지체될 것이고, 어차피 본거지로 가는 중간쯤 본거지의 당원이 마중 나오게 될 테니, 그때 설명을 하도록 하겠습니다."

"언제 출발할 거지?"

"내일 바로 가려고 합니다."

"내일?"

반악의 반응에 강학청은 의아해했다.

"혹 달리 하실 일이 있으십니까?"

"그건 아니고."

"너무 빠르다 싶으시면 며칠 더 있다가 출발해도 됩니다만……?"

반악은 고민이 되었다.

솔직한 심정으로는 며칠 더 부용설과 함께 지내고 싶었기 때문이다.

하지만 고작 며칠로 충족이 될까?

'오히려 아쉬움만 더 커지겠지. 차라리 서둘러서 다녀오는 게 낫다.'

"내일 바로 출발하도록 하지."

이야기가 끝났다고 생각한 반악은 일어서려고 했다.

하지만 강학청은 아직 할 말이 남아 있는 모양이었다.

"주군."

"……?"

"이번에 본거지로 가면 당주께 제안 한 가지를 하려고 합니다."

"제안?"

"예. 그리고 그 제안은 주군께서 허락해 주셔야만 할 수 있는 제안입니다."

강학청의 표정만 봐도 그가 매우 깊은 고심 끝에 생각해낸 제안임을 알 수가 있었다.

더구나 반악의 허락까지 필요하다는 건······.

"일단 들어보도록 하지."

*   *   *

부용설은 갖가지 음식으로 가득히 차려진 탁자를 바라보았다.

'좋아해 주겠지?'

려강에서 손꼽히는 숙수가 자신 있어 하는 모든 음식들을 만들게 했으니, 반악이 싫어할 리가 없었다.

부용설은 거울을 쳐다보았다.

새로 산 비단 옷을 입었고, 시녀들의 도움을 받아 치장한 그녀의 모습은 스스로도 놀랄 만큼 매우 아름다웠다.

'즐거워.'

누군가에게 예쁘게 보이기 위해 자신을 가꾼다는 게 즐거운 일이라는 걸, 그리고 그 누군가가 아름답다고 말해 주길 기대하며 기다린다는 게 이렇듯 가슴 떨리는 일이라는 걸 처음 알았다.

부용설은 일어나서 창 쪽으로 걸어갔다.

비는 그친 상태였다.

며칠 동안 하늘을 뒤덮고 있던 구름은 존재감 없이 사라져 오랜만에 달과 별을 드러내놓고 있었다.

부용설의 입가에 미소가 지어졌다. 며칠 전까지만 해도 밤하늘을 바라보면 구멍이 뚫려 버린 것처럼 허하고 아릿하기만 했는데, 지금은 뭔가 따듯한 것이 꽉 들어찬 듯이 뿌듯하고 기분이 좋았다.

　'어린애 같구나.'

　마치 예쁘게 피어난 꽃만 봐도 마냥 좋았던 소녀 시절로 돌아간 것 같았다.

　그때는 작은 것 하나에도 순수하게 기뻐할 수 있었다. 그리고 지금 이 순간도 그때와 비슷했다. 반악만 옆에 있으면 세상 모든 것을 가진 것보다 더 행복할 수 있을 것 같다는 그런 기분이었으니까.

　그때 수목 사이로 반악의 모습이 나타났다.

　마치 그녀의 마음을 알고 나타나기라도 한 것처럼 딱 시기적절하게 그녀의 앞에 모습을 드러낸 것이다.

　반악은 창문 앞까지 와서 그녀를 마주보며 웃었다.

　"뭐가 그리 즐거운 거요?"

　"달과 별이 잘 보여서요. 그러는 당신은요? 왜 그렇게 웃는 거죠?"

　"나는……."

　이제 반악은 자신에게 여인의 마음을 혹하게 만드는 말솜씨가 없다는 걸 인정하기로 했다. 자신은 그냥 솔직하게 말하는 게 더 어울린다는 걸 알게 된 것이다.

그래서 창가로 바짝 다가서며 마음에서 일어나는 생각을 있는 그대로 표현했다.

"당신을 보면 웃게 되는 걸 어찌 하겠소."

"놀리지 말아요."

부용설은 얼굴을 붉히며 반악의 가슴을 살포시 밀었다.

하지만 반악은 그녀의 손을 잡고, 도리어 자신 쪽으로 끌어당겨 코끝이 닿을 만큼 얼굴을 가까이 했다.

그리고 자그맣게 속삭였다.

"지금 당신을 안고 싶소."

"안 돼요."

"왜?"

"음식이 식게 되잖아요."

"그냥 식으라지."

반악은 부용설을 뒤로 살짝 물러나게 하고 가볍게 창문을 넘었다. 그리고 부용설의 허리를 팔로 휘어감아 품에 꼭 끌어안았다.

부용설도 싫지 않았기에 양팔로 반악의 목을 감으며, 그의 눈동자를 똑바로 올려다보았다.

"나갔던 일은 잘 되었나요?"

반악은 고개를 끄덕였다.

그리고 잠시 머뭇거리다가 말했다.

"일이 생겨 내일 려강을 떠나야 하오."

"……!"

순간 눈동자가 흔들렸던 부용설은 조심스레 물었다.

"아주 떠나는 건가요?"

"일이 끝나면 돌아올 거요."

부용설은 안도하는 표정을 지으면서도 다시 불안함이 섞인 목소리로 물었다.

"얼마나 걸리는데요?"

"기약은 할 수가 없소."

원래는 길게 봐야 보름이면 충분할 것이라 생각했었다.

그러나 강학청이 당주에게 할 제안이란 것 때문에 언제 끝나게 될지 예측할 수 없게 된 것이다.

부용설의 마음은 실망감과 슬픔으로 짙게 물들었다.

'보내고 싶지 않아.'

가지 말라고 하고 싶었다.

'하지만 내겐 그럴 자격도 없잖아.'

냉정히 따져 두 사람은 그저 육체적인 관계일 뿐이었다.

좋아한다거나 사랑한다거나 하는 감정적인 표현조차 오고 간 적이 없지 않은가.

'이 사람은 내 옆에만 붙잡아 둘 수 없는 사람이야.'

반악에 대해 아는 것보다 모르는 게 더 많았지만, 그가 평범하지 않다는 건 잘 알고 있었다.

그리고 자신 역시도 진가장 장주라는 평범하지 않은 신분과 함부로 행동할 수 없는 상황에 놓여 있기에 일반적인 남녀관계를 지향할 수도 없는 처지가 아닌가.

'그러니······.'

반악과 함께 있는 시간 동안만이라도 아무 생각 하지 말고, 우울해하지 말고, 고민도 하지 말고 그냥 행복해지자고 결심했다.

부용설은 반악의 목을 감은 양팔에 더욱 힘을 주며 깊게 입을 맞추었다.

"정말 음식이 식어도 상관없겠죠?"

갑작스런 입맞춤에 살짝 놀란 반악은 반사적으로 고개를 끄덕였다.

"그럼 내일 해를 보기 전까지 당신을 절대 놓아주지 않을 테니 각오해요."

"마음을 단단히 먹도록 하겠소."

반악은 빙긋이 미소 지으며 부용설을 번쩍 안아 들고 침상으로 걸어갔다.

*   *   *

팔공산 거룡성 승천루.

상관 성주와 삼궁주 요월홍, 그리고 홍문한이 함께 자리하고 있었다.

'저 요망한 년이 또 어찌 알고서.'

홍문한은 심기가 편치 않았다.

분명 상관 성주가 혼자 있다는 말을 듣고 서둘러 기별을 한 뒤 찾아온 것인데, 요월홍이 어느새 찾아와 상관 성주의 옆에 딱 붙어 앉아 있었기 때문이다.

하지만 겉으로는 내색 않고 담담함을 유지했다.

"근래 삼궁주님을 자주 뵙게 되는군요."

"그러게요. 홍 당주는 어쩐 일인가요?"

"중요한 용무가 있어 왔습니다."

"뭔데요? 아, 지난번 지역정찰을 나갔던 수하에 관한 것 때문인가요?"

홍문한은 내심 요망한 것이 눈치도 빠르다고 생각하며 고개를 끄덕였다.

"잘 기억하고 계시는군요. 혹 천문당의 일에 관심이라도 있으십니까?"

"관심이 있다고 하면 구경이라도 시켜 주실 건가요?"

"삼궁주님의 방문이야 언제든 환영이지요."

"그리 말을 해주니 기쁘네요. 언제 한 번 찾아갈게요."

"고대하고 있겠습니다."

"아우야, 그래서 뭔 이야기를 하려고 온 거냐?"

두 사람의 대화를 가만히 듣고 있던 상관 성주는 지루하다는 듯 하품을 하면서 물었다.

홍문한은 다른 여타의 사안에 대해서도 이야기할 생각이었지만, 요월홍 때문에 그냥 본론만 말하기로 했다.

"적룡대 파견을 허락해 주십시오."

"적룡대라⋯⋯."

상관 성주는 가만히 생각하는 표정을 지었다.

지난번 요월홍과 나들이를 나가기 전 홍문한에게 들은 이야기임에도 바로 대답이 나오지 않는다는 건, 그동안 신경도 쓰지 않았다는 뜻이었다.

'좋지 않아.'

홍문한은 내심 실망스런 한숨을 내쉬었다.

갈수록 상관 성주가 나태한 모습을 보여주고 있기 때문이다.

이때 요월홍이 끼어들며 물었다.

"홍 당주, 설마 적룡대를 모두 파견하고 싶다는 건가요?"

"그렇습니다."

"그 실종된 당원이 그렇게 중요한 인물이었나요?"

물론 아니었다.

중요한 사람은 육호가 아니라, 잠입해 활동하고 있는 고변책이었으니까.

하지만 고변책에 대해 말을 할 수는 없었다. 자신들이 반룡복고당을 매우 신경 쓰고 있다는 걸 드러내고 싶지는 않았으니까.

"그렇지 않습니다. 단지 신중하게 대처하고자 하는 것이지요."

"하지만 아무리 그래도 적룡대 전원을 보낸다는 건 너무 과민한 반응을 보이는 게 아닌가요?"

홍문한의 눈썹이 꿈틀거렸다.

'이년이 또 무슨 수작을 부리려고!'

요월홍은 상관 성주를 쳐다보며 그의 어깨를 부드럽게 어루만졌다.

"성주님도 그리 생각하지 않으시나요? 거룡성은 안휘 최강이에요. 그리고 적룡대는 중소문파 하나 정도는 혼자서 상대할 수 있을 만큼 강력한 무력대잖아요. 그런데 천문당의 당원 하나 없어졌다고 적룡대 전체를 파견하다니요. 다른 문파들이 이를 알면 무슨 큰일이라도 난 줄 알 거예요. 그리고 고작 당원 하나 때문이었다는 게 알려지면, 벼룩을 잡겠다고 초가삼간을 태우는 격이라고 조롱을 하겠죠. 어쩌면 거룡성이 정말 강한 것인가, 하고 의구심을 품을지도 모르지요."

홍문한은 더는 가만히 있을 수가 없었다.

하지만 그가 나서서 반박을 하려는데 상관미조가 안으로 들어왔다.

"삼궁주님이야말로 과민하게 받아들이시는 것 같군요."

"너는 또 웬일이냐?"

상관 성주는 난감해하는 표정으로 상관미조를 쳐다봤다.

"아버님 때문에 온 건 아니에요. 공적인 일로 홍 당주님을 찾아온 거죠."

"......?"

"아직 못 들으셨나요? 저 이번에 천문당 부당주가 되었어요."

"뭐?"

상관 성주는 그게 무슨 소리냐는 표정을 짓다가 홍문한을 쳐다봤다.

"미조가 지금 무슨 소릴 하는 거야?"

하지만 홍문한도 난감해하기는 마찬가지였다.

이런 식으로 밝힐 생각은 없었으니까.

"확실히 결정된 건 아니었습니다. 일단 의향을 물어보았고, 대답을 들은 뒤에 성주님께 말씀드리려고 했습니다. 하지만 미조는 이미 결정을 내린 것 같군요."

"홍 당주님의 말씀대로예요. 전 부당주 자리를 받아들이기로 결정 내렸어요. 그리고 지금 천문당 부당주로서 이 논의에 참여하겠어요."

상관 성주는 황당한 표정을 지었다.

하지만 그에 반해 요월홍은 박수까지 치며 축하를 했다.

"상관 소저의 의욕이 정말 대단하네요. 같은 여자로서 응원을 해주고 싶어요."

"감사합니다, 삼궁주님."

"그런 말 말아요. 상관 소저는 내 제자의 약혼녀이니 가족이나 마찬가지잖아요. 그러니 응원하는 게 당연하죠. 내가 도와줄 일이 있다면 뭐든 이야기해요."

"그리 말씀을 해주시니 부담을 덜고 부탁드릴 수 있겠군요."

"……?"

"홍 당주님은 아버님께 심려를 끼칠까 내색하지 않으셨지만, 이번 당원의 실종 문제는 우리에게 있어 가볍게 받아들이기 힘든 일이에요. 매우 조심스럽고 신중하게 논의를 하고, 대처방안을 결정해야 할 문제지요. 최대한 아는 사람이 적어야하고요. 그러니 죄송스럽지만 삼궁주님께서 자리를 피해 주시길 바라겠어요."

"……!"

요월홍의 얼굴이 아주 잠깐 굳어졌다가 본래의 표정으로 돌아갔다.

'어린년이 만만치 않구나.'

홍문한이 사안의 중대성을 최대한 감추려고 애를 썼던 것과 달리, 상관미조는 그냥 표면화시켜서 요월홍이 핑계를 대고 남아 있기가 어렵게 만든 것이다.

요월홍은 홍문한을 쳐다보며 물었다.

"이 일이 그렇게 중요한 문제였나요?"

상관미조의 대응 방식에 내심 당황하고 있던 홍문한은 헛기침을 하며 고개를 끄덕였다.

"험, 사실 그렇습니다. 삼궁주님께서 이해해 주십시오."

"아우, 얼마나 중요한 일인지는 모르지만 삼궁주도 이제 한 가족과 같은데 나가라고 할 것까지……."

"아버님, 삼궁주께서 계속 남아 계신다면 오히려 불편함을 느끼실 거예요. 그리고 이미 피해 주실 마음을 굳히셨는데, 아버님이 붙잡으신다면 오히려 그게 삼궁주님을 민망하게 만드시는 일이 되는 거예요."

상관미조는 요월홍을 향해 제 말이 맞지요, 하는 표정을 지으며 웃었다.

요월홍 역시 마주 웃었다. 하지만 그 속내는 표정과 완전히 달랐다.

'저것이 내가 말을 할 틈도 주지 않는구나. 생각했던 것보다 더 영악해. 아주 영악해.'

"상관 소저의 말이 맞아요. 오늘은 이만 돌아가 보는 게 좋겠어요."

"그러시겠소?"

"오늘은 차 한 잔 마시지 못하고 돌아갈 수밖에 없게 되었으니, 내일 다시 오도록 할게요."

"알겠소. 내가 좋은 차를 준비해 두도록 하겠소."

상관 성주는 내일 꼭 오라는 당부와 함께 요월홍을 문까지 배웅해 주었다.

'삼궁주에게 완전히 빠져 버리셨구나.'

홍문한은 답답하다는 듯 내심 혀를 찼다.

그렇게 가까이 하지 말라고 경고를 했음에도 불구하고 저런 지경이라니.

'그만큼 삼궁주의 미모와 색기가 대단하다는 뜻이겠지만……'

수장이 미인계에 걸려 버렸다는 건 참으로 걱정스런 일이 아닐 수 없었다.

'대신 미조의 능력을 확인한 것으로 위안을 삼을 수밖에 없겠군.'

요월홍을 나가게 만든 것은 그의 기대를 넘어설 만큼 뛰어난 대응 능력인 것이다.

자리로 돌아온 상관 성주는 화가 난 표정을 감추지 않고 홍문한과 상관미조를 다그쳤다.

"말해 봐라. 도대체 얼마나 중요한 일이기에 삼궁주까지 쫓아낸 거냐?"

"몇 달 전에 반룡복고당의 무리 중 일부가 암약하고 있는 려강에 일조장을 침투시켜 두었습니다."

"난 들어본 적이 없는 거 같은데?"

"위장잠입에 있어 가장 신경 써야 할 점은 무엇보다 비밀 유지이기 때문에 성주님께도 알리지 않았습니다."

"그래도 내가 모르고 있었다는 건 좀 그렇구만. 어쨌든 그건 그렇다 치고, 그게 뭐 어쨌다는 건데?"

"최근 실종된 당원이 그 일조장과 접선하는 임무를 맡고 있었습니다."

"그런데?"

상관 성주는 그게 무슨 문제가 되느냐는 반응이었다.

사실 문제는 문제겠지만, 요월홍을 쫓아내면서까지 논할 정도로 중요하게 생각되진 않았던 것이다.

홍문한은 내심 그런 반응이 실망스러웠지만 차분하고 진지하게 설명을 이어갔다.

"당원의 실종은 일조장에게 문제가 생겼다는 의미로 받아들여야 하기 때문입니다. 전 정체가 발각돼서 일조장이 제거되었다고 보고 있습니다. 만약 제 짐작이 맞는다고 한다면 반룡복고당의 본거지를 알아내겠다는 계획이 틀어진 것은 물론이고, 경계심이 커진 반룡복고당은 지금보다 더욱 은밀하게 활동할 게 분명하기 때문에 본거지를 찾아내기가 더욱 어려워지겠지요."

하지만 상관 성주는 여전히 시큰둥한 반응이었다.

"그깟 놈들이야 언제든 처리할 수 있잖아."

주요 고수들은 대부분 죽고 문파는 괴멸되어 힘없는 생존자들이 모여 만든 단체일 뿐이었다.

은밀하게 활동하는 건 정면으로 맞붙어 이길 실력이 없다는 걸 자인하는 것이나 마찬가지이기 때문에 상관 성주의 말에도 일리가 있었다.

하지만 홍문한이 신경 쓰는 건 지금의 반룡복고당이 아니라, 조직력과 세력이 커져 있을 훗날의 반룡복고당이었다.

"일조장은 천문당 제일의 당원입니다. 그런 일조장이 발각되어 제거되었다고 한다면 반룡복고당이 우리의 짐작보다 더 조심스럽고, 철두철미하다는 뜻이겠지요. 물론, 성주님의 말씀대로 아직까지는 우리의 상대가 될 수 없습니다. 하지만 본거지조차 알려지지 않은 자들입니다. 언제 어디서 어떤 방법으로 힘을 키우고 있는지도 모릅니다. 지금은 아니라도 나중에는 우리에게 정면으로 도전할 수 있을 만큼 위협적인 세력으로 성장할 수 있다는 뜻입니다."

"……."

"남궁세가를 떠올려 보십시오. 우리가 그들을 이길 수 있었던 건 오랫동안 안휘에 군림하며 생겨난 그들의 오만함과 우리를 무시한 자만심을 이용해 은밀하고 지속적으로 힘을 약화시켰기 때문이 아닙니까. 지금처럼 계속해서 반룡복고당을 안이하게 봤다가는 우리라고 그런 전철을 밟지 말란 법이 없는 것입니다."

상관 성주도 이제는 홍문한의 말이 가볍게 들리지 않는지 얼굴이 살짝 굳어졌다.

이때 상관미조도 홍문한을 거들고 나섰다.

"그리고 다른 문파들의 시선도 신경 써야 해요. 우리가 반룡복고당을 무시하는 것과는 상관없이, 다른 문파들은 우리를 예의주시하고 있을 테니까요. 이번 개파식을 통해 증명되었듯 각 지역의 패자를 자처할 수 있는 문파들까지 우리가 안휘 최강임을 인정했어요. 하지만 그러한 평가는 언제든 달라질 수 있어요. 우리가 조금이라도 약한 모습을 보이거나, 흔들리는 모습을 보인다면 언제든 등을 돌리게 될 테니까요. 그런 면에서 보면 반룡복고당은 다른 문파들에게 좋은 핑계거리가 될 거예요. 아버님, 호랑이도 토끼를 잡을 때는 온 힘을 다한다고 하잖아요. 우리는 상대가 누구냐를 떠나서 압도적인 힘과 단호함을 보여주어야 해요."

"미조, 아니 부당주의 말대로입니다. 놈들의 본거지를 알아내기 힘들어졌다면 그 곁가지라도 부러트려 힘을 약화시켜야 하고, 그걸 본보기로 삼아서 우리에게 대항하는 세력에게는 가차 없이 철퇴를 날릴 거라는 걸 모두가 확실히 알게 해야 합니다."

상관 성주는 결국 고개를 끄덕였다.

"알겠다. 그럼 적룡대만 보내면 되는 거냐?"

홍문한은 적룡대면 충분하다고 대답하려 했다.

하지만 상관미조가 그가 대답할 틈도 주지 않고 고개를 내저었다.

"보다 만전을 기하려면 최소 두 명 이상의 고수를 같이 보내야 해요."

"그렇게까지 해야 하냐?"

"반드시 그래야 해요."

"왜?"

상관미조는 살짝 망설이다가 대답했다.

"잔혹마 때문이죠."

"뭐?"

상관 성주와 홍문한은 인상을 찌푸렸다.

그만큼 잔혹마란 존재는 그들의 신경을 거슬리게 하기 때문이리라.

하지만 잔혹마를 제거하는데 혁혁한 공을 세우고도 시신을 찾지 못해서 아직도 마음이 불편한 상관미조 역시 그 이름을 자신의 입으로 말해야 하는 게 마음 편할 리가 없었다.

"최근 잔혹마에 관련한 소문을 아시나요?"

"잔혹마가 폐관수련 중에 주화입마에 빠졌다는 소문 말이냐? 그건 아우가 고의로 퍼트린 소문이잖아."

"그 소문이 잔혹마를 제거하고 사실을 은폐하기 위해 우리가 고의로 퍼트린 것이라는 말이 돌고 있어요."

"흠, 그런 소문도 퍼지고 있었군."

하지만 상관 성주는 대수로울 게 있느냐는 반응이었다.

홍문한도 마찬가지였다. 주화입마에 관한 소문을 퍼트린 건 잔혹마가 개파식에도 참석하지 않은 상황에 대한 무마용으로 퍼트린 것이었으니까.

실상 소문을 내면서 큰 기대도 하지 않았었다.

그래서 말했다.

"어차피 잔혹마는 죽었고, 때가 되면 결국 그가 죽었다는 사실도 밝혀야만 하니 그깟 소문 따위는 신경 쓸 필요가 없지 않으냐."

"하지만 잔혹마가 죽었다는 걸 알게 되었을 때 다른 문파들이 어찌 반응할 지를 염두에 두어야 해요. 잔혹마는 안휘에서 가장 잔혹하고 강한 인물로 꼽히는 자고, 그래서 더불어 우리도 두려움의 대상으로 인식될 수 있었어요. 지난날 많은 싸움에서 그가 선봉에 섰다는 것만으로도 많은 적들이 사기를 잃고, 우리가 쉽게 기선을 제압해 상대적으로 수월하게 승리할 수 있었던 걸 생각해 보세요. 앞으로도 우리가 최강의 문파임은 변함없겠지만, 그의 존재감이 사라지게 되면 다른 문파들이 우리에게 느끼는 두려움의 크기가 상대적으로 작아질 수밖에 없어요."

"……."

"그러니 잔혹마가 없다고 하더라도 우린 강하고 무서운 문파임을 알리고, 각인시키기 위해서라도 강한 고수들을 파견해 단호하게 적들을 처리하는 모습을 보일 필요성이 있는 것이지요."

"그럴듯하게 들리는데. 아우의 생각은 어때?"

"저도 부당주의 말에 일리가 있다고 생각합니다."

"그럼, 아우가 특히 손속이 잔인한 인물을 골라서 보내도록 해.”

“알겠습니다. 그리고 이번엔 제가 직접 이끌고 가겠습니다.”

“뭐? 아우가 직접?”

“예. 가는 길에 다른 문파들의 분위기를 알아보고, 돌아오는 길에 함산과 구화산에 가서 분타들의 상태도 살펴보고 싶습니다.”

“괜찮겠어?”

반룡복고당이 호시탐탐 기회를 노리고 있는데 위험하지 않겠냐는 뜻이었다.

“조심하도록 하겠습니다.”

“아우가 마음을 정했다면 내가 반대할 이유는 없지. 그래, 갔다 와.”

“허락해주셔서 감사합니다. 그럼, 전 이만 가서…….”

“어허, 뭘 그리 급하게 가려고 그래.”

용무를 마쳤으니 다시 돌아가 일을 하려고 했던 홍문한은 오랜만에 술이나 한 잔 하자는 상관 성주에게 붙들려 연회실로 자리를 옮겨야만 했다.

*   *   *

“하하하! 좋구나, 좋아!”

상관 성주의 우렁우렁한 음성이 넓은 연회실을 가득 채웠다.

그의 목소리가 아니라도 연회실은 음악과 많은 사람들의 대화 소리로 시끌시끌했다.

처음엔 홍무한과 상관미조까지 해서 셋이서만 마시기 시작했다. 하지만 곧 흥이 난 상관 성주가 단주들을 비롯해서 여러 중진들을 모이게 하고, 그들을 시중들 기녀들과 음악을 연주할 악사들까지 부르게 했던 것이다.

"아우야, 어서 잔을 비우지 않고 뭐하냐!"

천천히 술을 마시고 있던 홍무한은 상관 성주의 채근에 잔을 깔끔하게 비우고 성주에게 잔을 내밀어 술을 따랐다.

"좋아, 좋아! 자, 모두 마시자고!"

상관 성주가 잔을 높이 들어 올리자 중진들 역시 잔을 들어 성주님께 충성하겠다는 등의 매우 노골적인 아부의 말들을 쏟아냈다.

'때론 이런 자리도 나쁘지 않지.'

홍무한은 상관 성주가 요월홍에게 빠져서 한동안 업무를 도외시했지만, 오늘 중진들과 술자리를 같이하는 것으로 분위기 쇄신을 가져오게 될 것이라 기대를 하고 있었다.

"홍 당주님, 한 잔 받으세요."

상관 성주의 옆에 있던 상관미조가 그의 옆으로 자리를 옮겨 앉으며 술병을 내밀었다.

"아, 그래. 고맙구나. 자, 너도 한 잔 받거라."

홍문한도 상관미조의 잔에 술을 가득히 따라주었다.

"오늘 정말 잘 해주었다. 네가 아니었다면 낭패를 볼 뻔했어."

"부당주로서 당연히 해야 할 일이죠."

"아니다. 그 이상이었어. 이번에 내가 나갈 결심을 굳힌 것도 오늘 널 보고 내 빈자리를 잘 메워줄 것이란 확신이 들었기 때문이다."

"그렇게 생각해 주시니 감사해요."

"자, 마시자꾸나. 생각해 보니 너와 술을 마시는 것도 이번이 처음이구나?"

"이제까지는 술 마실 이유가 없었으니까요."

사실 홍문한이 상관미조를 한 사람의 어른으로 인식하기 시작한 때는 얼마 되지 않았다.

잔혹마를 제거하기 위해 상관미조를 끌어들이기 일 년 전쯤부터일까.

게다가 그 자신부터 술을 즐기지 않고, 상관미조는 의미 없이 술을 마시는 게 시간 낭비라고 생각하고 있으니 자연히 두 사람이 술 마실 기회가 없었던 것이다.

'그래, 이제 다 컸지.'

홍문한은 새삼 상관미조가 여인이란 느낌을 갖기 시작했다.

외모야 예전부터 아름답다는 생각을 했었지만, 잔혹마를 제거하는데 훌륭하게 제 몫을 했고, 산전수전 다 겪은 요월홍을 물러나게 만드는 모습을 보고는 아름답다는 것 이상의 어떤 느낌을 갖게 된 것이다.

'웃기는군.'

상관미조는 의조카였다.

게다가 나이차도 이십 년 가까이 나는데 여자라고 느끼고 있다니.

'여자를 품은 지 너무 오래됐나?'

그는 독신이지만 고자가 아니었으니 당연히 주기적으로 기루를 찾아가 여자를 품에 안았다. 하지만 최근 할 일이 너무 많아서 그럴 여유가 없었던 것이다.

'지금부터 술을 자제해야겠군. 까닥 방심했다간 돌이킬 수 없는 실수를 할 수도 있겠어.'

하지만 그것도 홍문한의 마음대로 되지가 않았다.

상관미조와 상관 성주가 계속해서 술을 권했고, 이번 기회에 이인자인 그와 친분을 다지고자 하는 다른 중진들도 술을 따르며 마실 것을 재촉했기 때문이었다.

홍문한도 이 자리를 중요하게 생각했기 때문에 분위기를 망칠까 싶어 거부하지도 않았다.

그렇게 한 시진이 흐르고 자시(子時; 오후 11~1시)를 조금 넘은 시간이 되었을 때, 홍문한은 완전히 취해서 몸을 가누지도 못할 정도의 상태가 되어 있었다. 소피를 누고 연회실 입구까지 돌아온 것도 신기할 지경이었다.

그는 입구에서 풀썩 주저앉았다.

'그만 돌아가야겠다.'

체면을 생각해서라도 이런 꼴을 다른 사람에게 보일 수는 없기 때문이었다.

하지만 생각대로 몸이 움직이질 않았다. 억지로 힘을 주고 반쯤 일어났지만 다시 쓰러질 것처럼 옆으로 비틀거렸다. 바로 그때 누군가가 그의 팔을 붙잡아서 간신히 쓰러지는 걸 모면할 수 있었다.

홍문한은 눈앞이 어지럽고, 머리가 멍멍한 상태라 누군지 확인할 생각도 못하고 부축한 사람에게 몸을 기댔다.

그를 부축한 사람은 여인이었다.

'기녀……?'

아마도 기녀겠지, 하고 생각했다.

힘이 풀린 고개가 제멋대로 좌우로 오가는 바람에 얼굴을 확인할 수는 없었지만, 좋은 향기와 부드러운 감촉 때문에 절로 기분이 좋아졌다.

그는 손을 뻗어 여인의 허리를 감았다.

"내 방으로 가자꾸나."

혀가 꼬인 그의 발음은 명확하지가 않았다.

그러나 여인은 그의 말을 알아들었고, 부축하여 그의 방으로 데려다주었다.

술에 취하면 더욱 본능에 충실해진다고 했던가.

침상에 눕혀진 홍문한은 어디서 그런 힘이 생겨난 것인지 그를 부축해 왔던 여인의 팔을 잡고 품안으로 끌어당겼다.

"오늘 밤은 나와 같이 있자."

그리고 여인의 몸을 더듬기 시작했다.

여인은 거부하지 않았다. 처음부터 홍문한의 손길을 적극적으로 받아들였다. 취해서 제대로 방향을 잡지 못하는 그의 손길을 가슴과 은밀한 부위로 이끌었고, 스스로 옷을 벗고 그의 옷도 벗겨주었다.

"아!"

홍문한은 저도 모르게 기분 좋은 탄성을 터트렸다.

여인은 그가 좋아하는 부위를 정확히 어루만지며 애무했다. 그녀의 몸은 부드러우면서도 탄력적이고, 몸짓은 능숙하고 기교가 넘쳤다.

취기로 인해 흐릿했던 홍문한의 몸과 정신이 점차로 맑게 깨어나기 시작했다. 그의 모든 것을 점령해 버릴 듯이 열정적으로 부딪쳐 오는 여인과 호흡을 맞춰야 한다는 욕망이 그의 취기를 지워가고 있었다.

두 사람의 격정적인 움직임에 방 안이 후끈 달아오르고, 나신은 땀으로 번들거렸다.

"으흠!"

흥분이 극에 이른 홍문한은 하체를 힘껏 치켜 올리며 그를 타고 앉은 여인의 허리를 양손으로 잡았다.

그리고 그대로 매끈하고도 탄탄한 복부를 따라 쓸어올리며 탐스럽게 흔들거리는 가슴을 손안 가득 움켜잡고 다시 힘을 주어 하체를 들어올렸다.

"아!"

여인은 허리를 활처럼 꺾으며 탄성을 질렀다.

흑단같이 길고 빛나는 머리카락이 출렁이고, 창문으로 스며 들어온 달빛이 여인의 얼굴을 은은하게 비추었다.

"……!"

여인의 얼굴을 처음으로 확인한 홍문한은 깜짝 놀랐다.

여인은 기녀가 아니라, 상관미조였다. 그가 절대로 관계를 가져선 안 되는 여인인 것이다.

하지만 그는 알고도 허리의 움직임을 멈출 수 없었다. 이미 욕망과 쾌락의 감정은 그가 조절할 수 있는 수준이 아니었다. 상관미조도 그가 얼굴을 알아보고 놀라고 당황하고 있다는 걸 알고 있으면서도 계속해서 움직였다.

오히려 더욱 강하고 격렬하게, 얼굴 가득 색정적인 미소를 그리며 그를 향해 부드럽고 매끈한 몸을 내리 눌렀다.

"윽!"

마지막 절정의 순간이 급작스럽게 홍문한의 등줄기를 타고 머릿속을 강타했다.

홍문한은 쾌락의 순간을 주체하지 못하고 몇 번이고 꿈틀거렸다. 상관미조 역시 그의 목을 부여잡고 밀착한 채 온몸을 부르르 떨고 있었다.

"……."

환희의 순간이 지나가 버린 홍문한의 육체는 차갑게 식어갔다.

그의 모든 것이 멍해져 있었다.

시야도, 머릿속도, 심지어 숨을 쉬는 것조차도.

상관미조는 그의 위에서 내려와 옷을 입고 너무나 차분한 표정으로 그를 내려다보았다.

"내일 봐요, 홍 당주님."

그리고 그녀는 방을 떠났다.

홍문한은 이후로 아무 생각도 못했고, 결국 뜬눈으로 밤을 지새우고 말았다.

第二十八章

　반악과 강학청 그리고 견일 등과 염서성은 반룡복고당으로
가기 위해 마차를 타고 려강을 벗어났다.

　"본거지가 남쪽에 있나?"

　반악은 본거지가 어디에 있는지 몰랐다.

　강학청이 말을 해줄 수도 있었지만 그가 묻지 않았기 때문
이다. 때가 되면 알게 될 것이니 미리 캐물을 필요는 없다고
생각했던 것이다.

　"동쪽에 있습니다."

　"……?"

　그런데 왜 남쪽으로 마차를 몰도록 했단 말인가?

"사실은……."

반룡복고당은 동쪽 화현과 함산 사이에 있었다.

그러나 혹시라도 거룡방이나 다른 문파들에게 꼬리가 잡혀 본거지의 위치를 발각당하는 일이 없도록 하기 위해서 여러 곳을 우회하려는 것이다.

'그래서 아직까지 들키지 않았던 거군.'

다른 건 모르지만 본거지의 비밀 유지에 관해서 당주가 꽤나 철두철미하게 관리하고 있다는 뜻이었다.

'그러나 함산 근방이라니…….'

함산은 거룡성이 남궁세가와 싸워 승리하고 구화산으로 옮기기 이전의 근거지였다.

게다가 함산에는 거룡성의 분타도 있었으니, 반룡복고당은 참으로 교묘한 곳에 자리를 잡고 있는 것이다.

'등잔 밑이 어둡다고 했던가.'

거룡성이 눈에 불을 켜고 찾고 있다고 하지만 설마 자신들의 분타 코앞에 본거지를 두고 있을 줄 어찌 예상이나 할 수 있었겠는가.

'적일수록 더욱 가까이 두라고 했으니…….'

그래야 그 형세를 제대로 파악해 둘 수 있을 테니까.

혹은 반룡복고당이 때가 되어 적극적으로 공세를 취하기로 작정했을 경우, 보다 빠르게 거룡성에 타격을 주기 위해서 고의로 함산 부근에 자릴 잡은 것인지도 모를 일이었다.

어쨌든 지금껏 들키지 않고 있는 걸 감안하면 나쁜 선택은
아니라고 할 수 있었다.

"목적지에 도착하기까지 얼마나 걸리지?"

"기본적으로 두 곳 이상을 경유하게 되어 있습니다. 그 정
도라면 누군가 추적해 왔을 때 알아챌 수 있을 테니까요. 그래
서……."

일단 남쪽으로 내려가 강을 건너 동릉(銅陵)을 거치고, 동쪽
으로 방향을 돌려서 무호(蕪湖)에 이르고, 다시 강을 건너 북
쪽 화현(和縣)을 지나친 다음에 함산 쪽으로 움직일 것이라고
했다.

'똑바로 가면 느긋하게 이동하더라도 이틀이면 되는 걸 나
흘 이상이나 허비해야 하다니…….'

짜증이 났다.

하지만 이해가 가기도 했다. 약자의 입장에 놓여 있으니 그
렇게라도 해서 명맥을 이어가야 하지 않겠는가.

'이번에도 확실히 인내심을 키우게 되겠군.'

반악은 내심 쓴웃음을 지으며 눈을 감고 운공과 명상에 들
어갔다.

*   *   *

강학청이 설명한 대로 동릉, 무호를 거친 일행은 오전에 화

현에 이르러 잠시 이동을 멈추고 객잔에 들어갔다.

본거지 근방 마을마다 상주하고 있는 당원이 있고, 그 당원을 통해 근거지에 기별을 해서 길을 안내할 사람이 오길 기다려야 하기 때문이다.

만약 안내받지 않고 본거지를 찾아가게 되면 적으로 간주되어 공격을 받게 될 것이었다.

손님이 거의 없어서 혼자서 창가 쪽에 자릴 잡고 앉을 수 있었던 반악은, 소면 하나를 시키고 밖을 쳐다보며 강학청을 기다렸다.

점소이가 주문한 소면을 가져왔을 때 강학청이 돌아왔다.

"해가 지기 전에 본거지에서 사람이 올 것입니다."

그렇다면 두 시진 이상을 더 기다려야 한다는 뜻이었다.

'조용한 곳이라도 찾아가 몸이라도 풀까?'

반악은 옆쪽 탁자에 앉아 식사를 하고 있는 견일 등을, 정확히는 염서성을 힐끔 쳐다보았다.

염서성이 그의 지시를 따라 쇠신발, 쇠장갑, 쇠각반, 쇠토시를 착용하고 나서 어떤지 확인해 보지 않았으니 시험 삼아 한 번 비무를 해보는 것도 나쁘지 않을 것이었다.

하지만 그럴 만한 시간이 없게 되었다. 소면을 먹고 차를 마신 뒤 일어나려고 하는데 본거지에서 나온 사람이 객잔에 들어왔기 때문이다.

그것도 반악이 얼굴을 아는 사람이었다.

'저자는…….'

예전 묵담향과 함께 구화산에 정찰을 온 적이 있었던 섭무백이었다.

그런데 섭무백의 옷차림은 예전과 달랐다. 검을 차고 있지도 않았고, 옷도 무복이 아니었다.

모양새만 보자면 그냥 일꾼처럼 보였다.

'무림인으로 보이지 않기 위해서 변장을 한 건가?'

강학청에게 포권을 취하지 않고 고개만 숙여 인사를 하는 걸 보면 그럴 가능성이 높았다.

반악 등이 마차에서 내릴 때 강학청이 무기를 두고 가라고 한 것도 그 때문이리라. 본거지에서 나온 사람이 아무리 평범하게 꾸미고 있다 해도 같이 어울리는 무리가 무기를 지니고 있다면 절로 이목이 집중되고 의심을 사게 될 테니까.

"오랜만에 뵙습니다."

"마지막으로 본 게 벌써 반년 전이군요, 섭 소협. 그런데 이렇게 빨리 올 줄은 몰랐습니다."

"일이 있어 근방에 나와 있었습니다."

하지만 너무 시기적절하고 빨랐다.

강학청이 이맘때쯤 화현에 도착할 것이라 예측하고 나온 것일까?

섭무백은 시선을 돌려 반악에게 머릴 숙여보였다.

"반 형, 다시 보게 되었구려. 그날 일에 대해서는 아직도 고맙게 생각하고 있소."

"별일도 아니었으니 잊어버리시오."

"도움을 받았는데 어찌 잊을 수가 있겠소. 이 이야기는 나중에 다시 하도록 하고 일단 출발하도록 합시다."

"일행이 더 있는데 괜찮겠습니까?"

강학청이 견일 등을 눈짓하며 묻자, 섭무백은 아주 잠깐 그들을 날카롭게 훑어본 뒤 고개를 끄덕였다.

"사실 당주님은 두 분 외에 사람이 더 올 거라 예상하셨습니다."

묵담향으로부터 반악을 그림자같이 따르는 종들이 있다는 이야기를 들었기 때문이다.

'그런데 세 명이라고 들었는데, 한 명이 더 있군.'

"그리고 당주님은 강 대협을 믿고 계신다 하셨습니다."

강학청이 함께 오는 사람들이라면 걱정하지 않는다는 뜻이었다.

"감사하신 말씀입니다. 그럼 출발하도록 합시다."

객잔을 나선 일행은 섭무백과 함께 마차를 타고 함산 쪽으로 이동했다.

*   *   *

화현과 함산 중간쯤에는 작은 마을 하나가 있었다.

원래 이 땅은 관도에서 동쪽으로 크게 벗어나 있고, 토질도 척박한 편이라서 아무도 살고 있지 않았다. 하지만 몇 해 전 어느 때부터인가 소수의 무리가 나타나 땅을 파서 우물을 만들고, 개간하여 논과 밭을 조성하더니만 갈수록 사람이 늘어서 세금을 걷기 위해 화현 현청의 서기가 찾아올 정도의 마을이 되어 버린 것이다.

알려지기로 지금은 백 명이 넘는 사람들이 마을에 살고 있고, 뒤로 야산 두 개가 솟아 있어 이봉마을이란 이름으로 불리고 있었다.

그리고 이봉마을이 바로…….

'저기가 반룡복고당의 본거지란 말이지.'

가운데 수십 채의 가옥이 자리 잡고 있고, 그 주변으로 밭과 논이 넓게 조성되어 있으며, 곳곳에 열심히 일을 하고 있는 농민들이 보였다.

게다가 잎이 무성하여 그늘이 길게 늘어진 나무 아래 앉아 바둑을 두고 있는 노인들, 이리저리 뛰어다니며 해맑게 웃고 떠들며 놀고 있는 아이들, 밭으로 뭔가를 날라다 주는 아녀자들.

어딜 봐도 안휘 최강인 거룡성을 무너트리기 위해 만들어졌다고 하는 반룡복고당을 연상하기 어려운 광경들이었다.

이봉마을은 말 그대로 농촌 마을인 것이다.

'그럴듯한 위장이군.'

반악은 감탄했다.

그냥 보기에만 농촌처럼 보이는 게 아니라, 진짜 열심히 일을 하는 사람들 때문에 의심할 구석이 없었다.

이러니 분타의 코앞에 있어도 거룡성이 눈치를 못 챌 수밖에.

"여기서부터 걸어서 가야 합니다."

마을로 들어갈 길은 논과 논 사이로 뚫린 길 하나 뿐이었는데, 그것도 어른 두 명 정도가 어깨동무를 하고 가야 할 정도로 협소했다.

'논이 일종의 해자(垓字)인 셈이군.'

적지 않은 숫자의 사람들이 살고 있는데 불편하게 길 하나만 만들어 놓았다는 건, 그것도 폭이 매우 협소하다는 건 상식적으로 이해할 수 없는 일.

논과 밭을 해자처럼 둘러서 쳐들어오는 적의 진로를 막기 위해서, 혹은 방해하도록 하기 위한 의도임이 분명했다.

물론, 경공을 제대로 수련해 경지가 남다른 무림인들을 상대로는 별다른 효과를 발휘하지 못할 가능성이 높았다.

그러나 적의 분타 근방에 본거지를 세우면서 고작 논과 밭을 둘러치고 안심하고 있지는 않을 터. 그 외에도 다른 계책이 세워져 있을 게 분명했다.

일단은 반악의 주관적 추측일 뿐이지만.

"주인님, 제가 마차를 지키고 있을까요?"

견일이 마부석에서 내리지 않고 반악에게 물었다.

반악은 잠시 생각하다가 마을 쪽을 한 번 쳐다보고는 그럴 필요가 없다고 말했다.

"고삐만 잘 묶어두고 와."

"무기는요?"

반악은 섭무백을 쳐다봤다.

이곳에 따로 규칙이 있다면 그 규칙을 따라야 하지 않겠는가.

"가져오십시오. 무기를 숨겨둘 곳이 있습니다."

견일 등은 무기를 챙기고 마차에서 말을 떼어내 주변에 풀이 많이 자라는 나무에 묶어둔 다음, 먼저 앞장서 가고 있는 반악을 뒤쫓았다.

"오랜만이오, 강 형!"

"잘 돌아오셨습니다, 강 대협!"

"일 끝나고 이따 저녁에 봅시다!"

논과 밭에서 일을 하던 사람들이 강학청을 알아보고 인사를 건넸다.

몇몇은 반악과 견일 등에게 시선을 던지기도 했지만 아주 잠깐에 불과했다.

'낯선 사람이 나타났는데도 모두 침착하군.'

반악이 올 것이란 걸 미리 들었다고 해도 경계어린 눈빛 한 번 보내지 않고 있다는 건, 이들의 준비자세가 보이는 것 이상으로 더욱 철저하다는 의미일 것이다.

'하지만⋯⋯.'

사람들을 가까이서 보니 몇 가지 틈이 보였다.

서고 앉은 자세, 걸음, 눈빛 등에서 미미하게 무공을 익혔다는 흔적이 보였던 것이다.

물론, 눈썰미가 평균 이상으로 날카로운 반악이기에 볼 수 있는 흔적이겠지만.

"일단 무기는 제게 맡기시고 반 형과 일행 분들은 여기서 쉬고 계십시오."

반악은 섭무백이 가리킨 가옥을 쳐다봤다.

나무를 기본 골격으로 삼아 흙으로 벽을 바르고 지붕은 짚으로 덮은 작은 집이었다.

"강 대협께선 저와 함께 당주님을 뵈러 가시죠."

섭무백은 반악과 견일 등을 남겨두고 강학청과 함께 집들 사이로 난 골목을 따라 사라졌다.

"대우가 형편없군."

염서성은 겉으로 보이는 모양새와 다를 바 없는 허름한 내부 구조를 보고 투덜거렸다.

딱 봐도 전문가의 손길이 느껴지지 않는 투박한 모양의 침상과 탁자, 그리고 의자도 두 개 뿐이라서 앉을 자리조차 부족했다. 게다가 먼 길을 왔는데 또 기다려야 한다니, 그가 불평하는 것도 당연했다.

하지만 그의 투덜거림은 반악의 한 마디에 되삼켜졌다.

"시끄러우니까, 입 다물어."

견삼이 기가 죽은 염서성의 옆으로 슬며시 다가가 그러게 주인님은 시끄러운 걸 싫어한다고 진작 이야기하지 않았냐, 그러니 이제부터라도 입술모양으로 대화하는 법을 배우라고 자그맣게 속삭였다.

'빌어먹을, 진짜 그딴 걸 배워야 하는 건가.'

염서성은 심각하게 고민했다.

반악이 싫어한다고 그의 앞에서 수 년 동안을 쥐 죽은 듯이 지낼 수는 없었으니까. 더구나 견일 등은 뭔가 대화를 하고 있는데, 그 혼자 뭔 소리하는지도 모르고 멀뚱거리고 있는 것도 모양새가 꼴사나웠다.

결국 염서성은 반악의 눈치를 살피며 견삼에게 자그맣게 말했다.

"그거 가르쳐 줘."

"잘 생각했어."

견일 등과 염서성은 방구석으로 자릴 옮겨 최대한 조용히, 반악의 신경을 건드리지 않도록 하며 소리 없는 대화법 교육에 열중했다.

'여기까지 오는 것도 지겨웠는데, 또 기다려야 하다니.'

반악은 침상으로 올라가 누우며 짜증이 솟구쳐 오르는 마음을 억누르기 위해 노력했다.

그가 염서성의 투덜거림에 민감하게 반응한 것도 시끄러워서가 아니라, 그의 심정도 다를 바가 없었기 때문이다.

무엇보다 강학청이 구상하고 당주에게 제안할 계획을 최대한 빨리 끝내고 다시 려강으로 돌아가 부용설과 즐거운 시간들을 보내고 싶은데 여정에서부터 계속해서 시간이 허비되고 있으니 짜증이 날 수밖에.

'시간도 남아도니 그 녀석이나 찾아봐야겠군.'

반악은 벌떡 일어났다.

견일 등은 자신들의 목소리가 너무 컸는가 싶어 움찔 놀라며 반악의 눈치를 봤다.

"너희들은 여기 있어."

"주인님은요?"

"누구 좀 찾아봐야겠다."

"누구……?"

누구를 찾느냐고 물으려고 했던 견일은 반악의 날카로운 눈빛에 얼른 입을 다물었다.

하지만 그는 억울했다. 혹시 섭무백이 돌아와서 어디로 갔냐고 물으면 대답해 줘야 할 것이 아닌가.

'주인님의 지랄 같은 성질머리가 변할 리 없지.'

무위를 떠나올 시점부터 상대적으로 얌전해진 것처럼 보였는데, 그 모든 게 착각이었다는 듯이 다시 예전의 까칠한 성질을 보여주고 있는 것이다.

'뭔가 달라졌다고 생각했던 내가 바보인 거야.'

견일은 반성까지 하며 약간 과장된 동작으로 집을 나가는 반악에게 인사를 했다.

"여긴 조금도 걱정 마시고 다녀오십시오, 주인님!"

"……"

견이 등은 견일을 한심하단 표정으로 쳐다봤지만 견일은 조금도 개의치 않았다.

"뭐야, 그 눈빛은? 내 입장이 되면 너희들이라고 다를 거 같으냐?"

견일의 반박에 대꾸하는 사람은 아무도 없었다. 도리어 시선을 회피하며 헛기침만 연발했다.

"자, 다시 시작하자고."

네 명은 다시 소리 없는 대화법 교육에 열중하기 시작했다.

*　　　*　　　*

집을 나선 반악은 주변을 둘러보았다.

골목 끝에 뛰어놀고 있는 아이들이 보였다. 반악은 그쪽으로 걸어갔다.

"얘들아."

아이들은 일제히 고개를 돌려 반악을 쳐다봤다.

모두 기껏해야 대여섯 살에 불과한 아이들이었는데, 그중

몸집이 가장 큰 아이가 앞으로 나섰다.

"무슨 일이십니까?"

어린아이답지 않게 제법 정중한 말투였다.

대표하듯 나선 것에는 그만한 이유가 있었던 것이다.

"이곳에 묵담철이란 아이가 있지?"

"담철 형을 어찌 아십니까?"

반악은 내심 헛웃음을 지었다.

도리어 되묻는 꼬마의 말투가 꽤 도전적이라고 느꼈기 때문이었다.

아이들을 대표한다는 자신감일까, 아니면 모르는 사람에 대한 경계심일까?

어쨌든 예전에 만난 적이 있다는 말은 할 수가 없었다. 환골탈태하기 이전에 만났던 것이니까.

"그런 건 알 거 없고, 그 아이를 만나려면 어디로 가야 하냐?"

"말해 드릴 수 없습니다."

"왜?"

"그것도 말해 드릴 수 없습니다."

반악은 잠시 꼬마의 얼굴을 빤히 쳐다보았다.

꼬마는 잠깐 움찔하기는 했지만 그의 시선을 당당히 마주보았다. 반악은 뒤에서 지켜보는 아이들도 둘러보았다. 그리고 깨달았다.

'어린아이들만 놀고 있군.'

반룡복고당은 무림인들의 단체.

결국 성별을 떠나서 어릴 때부터 무공수련에 매진해야만 하는 것이다. 그러니 이 아이들보다 더 나이 많은 아이들은 지금쯤 눈에 띄지 않는 곳에서 열심히 수련을 하고 있을 게 분명했다.

지금은 놀고 있는 이 아이들도 아마 다른 시간엔 무공의 기초를 배울 가능성이 높았다.

'하지만 그 아이도 무공을 배울까?'

묵담향은 무공에 관해선 문외한이었고, 예전 묵담철을 보았을 때도 배운 흔적을 전혀 발견하지 못했었다.

"너희들 묵담향이란 여자를 아냐?"

"담향 누나는 또 어찌 아십니까?"

"넌 쓸데없이 되묻는 버릇이 있구나. 네가 알 거 없으니 그 여자가 어디 있는지나 말해라."

"말해 드릴 수 없습니다."

꼬마는 더욱 도전적인 눈빛으로 쳐다봤다.

다른 아이들도 꼬마와 다를 바 없는 표정과 눈빛으로 반악을 직시했다.

'제법이네.'

앞에 선 꼬마의 자신감이 아이들 전체에 영향을 끼친 것인지도 모르지만, 어쨌든 모두들 나이답지 않게 강단이 있다는 건 분명했다.

확실히 무림단체의 아이들인 것이다.

이때 커다란 자루를 어깨에 짊어지고 가던 중년인이 반악과 아이들을 보고 다가왔다.

"너희들은 다른 곳으로 가서 놀거라."

아이들은 중년인의 말을 따라 왁자지껄 떠들며 다른 곳으로 사라졌다.

중년인은 물었다.

"강 형과 함께 온 분이구려. 난 엄목경이라 하오."

분명 반악이 당원이라는 걸 알고 있을 텐데도 엄목경은 그를 외인처럼 대하고 있었다.

'당주가 정식으로 인정하기 전까지 진정한 당원으로 생각하지 않겠다는 건가?'

이곳이 반룡복고당의 본거지면 충분히 그럴 수 있었다. 오히려 너무 쉽게 받아들인다면 그게 더 이상한 일일 것이다.

"반악이오."

"아, 당신이 반 소협이구려. 반 소협의 활약에 대해선 들은 적이 있소. 그런데 무슨 일이시오?"

"난 묵……."

엄목경에게 묵담철을 찾고 있다 말해도 될까?

환골탈태하고 만난 게 아니었고, 묵담향도 그에게 동생이 있다는 말을 한 적이 없지 않은가.

'강학청으로부터 동생이 있다는 말을 들었다고 하면 되겠지
만⋯⋯.'

아무리 생각해도 묵담철을 찾을 이유가 없으니 쓸데없는 의
심만 살 것 같았다.

'그런데 내가 왜 그 녀석을 찾으려는 생각을 했지?'

문득 묵담철을 찾으려는 의도에 의문이 생겼다.

묵담철을 만나 보았자 별달리 할 말도 없었다. 지금은 잔혹
마도 아니니 예전의 인연을 들먹거릴 수도 없는 일이고 말이
다.

'혹시 내가 보고자 하는 건⋯⋯.'

묵담철이 아니라 묵담향이 아니었을까?

그리고 묵담철보다 묵담향을 찾는다고 하는 게 상식적으로
더 맞았다. 아무리 무위에서 둘 사이에 안 좋은 일이 있었다고
해도.

그래서 반악은 말했다.

"묵 소저를 찾고 있소."

"그녀라면 당주님과 함께 있소."

그렇다면 강학청이 갔다는 곳에 있다는 뜻이었다.

'당주의 양녀라고 했었지.'

가만 생각해 보면 어디서건 빠지지 않고 중요한 자리에 참
석하고 있으니, 반룡복고당의 실세 중 한 명이라고 해도 이상
할 게 없을 것이다.

'이젠 날 좋게 보지 않으니······.'

어쩌면 이미 당주에게 말해서 반악이 반룡복고당에 어울리지 않는다고 했을지도 모르는 일이었다.

"묵 소저가 려강에 있을 때 친하게 지냈던 모양이구려."

"······."

"아, 반 소협은 그녀에게 남동생이 있다는 걸 아실 테지? 이름이 담철이라고 꽤 영특한 아이라오. 저쪽으로 가면 볼 수 있으니 만나볼 생각이 있으면 한번 가보시오."

엄목경은 묻지도 않는 말을 잘도 떠들어댔다.

아직 절대적인 믿음을 주고 있지는 않지만, 어느 정도는 열린 마음으로 대하고 있는 것이다.

"그럼 난 바빠서 이만."

엄목경이 사라지고, 반악은 그가 가르쳐 준 방향으로 걸어갔다.

묵담철은 바둑을 두는 두 노인 사이에 서 있었다. 그것도 구경만 하는 게 아니라 훈수까지 두고 있었다.

"이럴 때는 이쪽에 두셔야죠."

"이놈아, 다 이겼는데 왜 훈수를 둬서 초를 치는 게냐."

"그럼, 어르신은 여기에 두셔서 막으면 되죠."

"이놈아, 그럼 난 어떻게 두라고! 훈수를 둬도 한쪽만 도와줘야지, 박쥐처럼 이쪽저쪽 왔다 갔다 하면 어쩌자는 게야."

"제가 두 분 다 좋아하는데 어찌 한 분의 훈수만 들 수 있겠어요. 그리고 양쪽의 수가 다 보이는 걸 어떻게 해요."

"이놈아, 저리 가라. 네가 훈수를 두면 우리가 바보가 되는 거 같다."

하지만 두 노인은 말만 그렇지, 수가 보이지 않을 때마다 가라는데도 가지 않고 꿋꿋하게 옆에서 지켜보고 있는 묵담철에게 어찌해야 하냐고 묻고 있었다.

'웃기는 노인네들이군.'

그리고 또래의 아이들과 어울리지 않고 노인들 사이에서 훈수를 두고 있는 묵담철도 희한하고 독특하기는 매한가지였다.

애늙은이처럼 보인다고나 할까.

'하긴 저 녀석은 그때도 그랬지.'

잔혹마 시절 만났을 때도 나이의 차가 현격했던 그에게 아무렇지도 않게 형씨라고 부르지 않았던가.

"젊은이는 누군가?"

문득 노인 중 하나가 반악을 발견하고 물었다.

"아까 강 서생이랑 왔던 젊은이잖아?"

강학청은 반룡복고당 내에서도 남다른 학식의 소유자로 유명하여 모두 그를 서생이라 칭하고 있었던 것이다.

"강 서생과 왔으면 려강에서 온 걸 텐데."

"그럼 그 반 씨 성을 가진 젊은이?"

"오, 자네가 그 젊은이라고?"

"젊은이가 뭐야, 반 소협이라고 불러야지."

두 노인은 반악이 대답도 하지 않았는데 자기들끼리 결론을 내려 버리고 호칭에 대해 이러쿵저러쿵 떠들어댔다.

하지만 분명한 점은 반악을 향한 그들의 표정과 시선에 깊은 관심이 담겨 있다는 것이었다. 분명 반악이 남궁세가의 후인이란 이야기를 들었기 때문이리라.

이때 묵담철이 앞으로 나와 반악을 빤히 쳐다보며 물었다.

"형씨께서 반 소협이십니까?"

반악은 저도 모르게 웃음 짓고 말았다.

묵담철의 말투가 처음 보았던 그날을 떠올리게 해서였다.

'변함없이 건방진 녀석이야.'

"맞다."

"역시 그렇군요. 전 묵담철이라 합니다. 제 누님이 누구인지는 아실 테죠? 반 소협에 대해서는 누님께 많은 이야기를 들었습니다."

'내 이야기라……. 어떤 종류의 이야기일까?'

그리고 어디까지 이야기했을까?

설마 무위에서 사이가 틀어져 버리게 되었던 일까지 알고 있는 것일까?

궁금증이 일었지만 묵담철은 어떤 이야기들을 들었는가에 대해서는 말하지 않았다. 당연히 반악도 묻지 않았다.

"오늘 도착하신 모양이죠?"

"방금 전에 왔다."

"전 조금 전까지 저쪽 나무 아래에서 책을 읽느라 모르고 있었습니다. 그럼 마을 구경도 못 하셨겠군요?"

"이 정도 크기의 마을에서 구경할 구석이나 있나?"

"안 보는 것보다는 낫겠죠. 자, 따라 오세요. 제가 안내해 드리겠습니다."

묵담철은 뭐가 그리 즐거운지 싱글거리며 앞장서 걸었고, 반악도 곧 그의 뒤를 쫓았다.

어차피 지금 할 일도 없었고, 당주가 언제 부를지도 몰랐으며, 묵담철을 찾아보자고 집을 나온 것이기도 하니까.

두 노인은 묵담철과 반악의 모습이 집들 사이로 사라질 때까지 아무 말 않고 지켜보다가 말했다.

"저 젊은이가 남궁세가의 전인이란 말이지?"

"너무 젊군."

"하지만 엄청나게 강하다던데?"

"하긴 동성의 패왕보를 거의 혼자 힘으로 굴복시켰다지?"

"강기를 발출할 수 있을 정도의 도객이라고 그랬잖은가."

"굉장하군."

"가만, 예전 남궁세가에서 강기를 발출할 수 있는 수준의 고수가 있었던가?"

"망할 때는 없었지. 남궁 가주도 그 정도가 아니었으니까 잔혹마에게 당한 거잖아. 아마 그 전대에도 없었을걸. 그런 식으로 따져보니 어쩌면 저 젊은이가 제왕무적검을 완성시켰을

지도 모르겠다는 생각이 드는군."

"제왕무적검은 가주만 익힐 수 있는 무공인데, 그게 가능한 건가?"

"그러니까 어쩌면이라고 그랬잖아."

"싱겁기는."

"여하튼, 남궁세가의 후인이 우리와 함께 있다는 건 좋은 거지."

"설사 진짜 남궁세가의 전인이 아니라고 해도 남궁세가의 무공을 익히고 있다면 그것으로 충분한 거고."

"그렇지. 그것만으로도 충분하지."

노인들은 서로 의미심장한 눈빛을 주고받고는 다시 바둑을 두는데 열중했다.

*   *   *

묵담철은 걸음을 멈추고 반악에게 말했다.

"자, 여기까지입니다."

"뭐가?"

"지금까지 보았던 게 마을의 전경이라고요."

반악은 황당한 표정을 지었다.

지금까지 보았던 것이라면 집, 집, 집, 그리고 밭과 논, 그리고 집이었다.

집 아니면 밭과 논밖에 없는 게 반룡복고당의 전경이라니.

"정말 이게 다냐?"

"일단은 그렇습니다."

"일단은?"

"당주님이 반 소협을 당원이라고 공식 인정을 하신다면 더 많은 걸 보실 수 있게 되겠지요. 진짜 반룡복고당을요."

"흠, 그런 것이었군."

묵담철을 따라 돌아다니며 본 것들은 껍데기에 불과한 것일 뿐, 반룡복고당의 실체는 아니었던 것이다.

반악은 왔던 길로 돌아섰다.

"시간 낭비였어."

"글쎄요. 진짜 시간 낭비일까요? 아무리 포장된 것이라도 보아두어 나쁠 것은 없지 않겠습니까."

반악은 어이없다는 듯 묵담철을 돌아보며 물었다.

"이런 걸 봐서 뭐하게?"

"눈에 담아두어 마음에 새기는 것이지요."

"뭘?"

묵담철은 마을을 감싸 버리기라도 할 것처럼 양팔을 활짝 펼쳤다.

"마음만 먹는다면 이렇게 조용하고 평화로운 환경에서 살아 갈 수도 있다는 걸요."

"……."

"옛말에 사람들이 추구해야 할 도가 가까운 곳에 있는데도 먼 곳에서 찾고, 해야 할 일이 쉬운 곳에 있는데도 어려운 곳에서 찾는다고 하지 않습니까. 이곳에서 주변을 둘러보다 보면 행복이란 건 결국 우리 삶 속에 있는 것이니 굳이 멀리 갈 필요가 없다는 생각이 들기도 하거든요."

반악은 새삼스런 시선으로 묵담철을 바라봤다.

일용사물지도(日用事物之道)란 말이 있다. 도(道)는 결코 고원하거나 초월적인 것이 아니라, 일상의 인간관계 속에서 사람들이 행해야 하는 올바른 도리에서도 충분히 볼 수 있다는 의미였다.

이를테면, 어버이와의 관계에서는 친애, 어른과의 관계에서는 존경과 같은 걸 말한다고나 할까.

묵담철은 유학에서 주장하는 도의 의미를 살짝 인용하여 과거와 원한에 매이기보다 현재의 삶을 즐겨도 되지 않느냐고 말하고 있는 것이다.

'이 녀석은 정말 애늙은이 같은 말만 하는군.'

"너 몇 살이냐?"

묵담철은 반악을 돌아보며 미간을 찌그렸다.

"실망스럽군요."

"뭐가?"

"반 소협도 결국 외견에 따라 상대를 판단하는 분이었습니까?"

"뭐?"

반악은 한 대 맞은 듯 멍한 표정을 지었다.

그는 오랫동안 외모 때문에 고통을 겪어온 사람이었다. 그래서 그 누구보다 외모로 판단해서는 안 된다는 생각을 가지고 있었다.

'그런 나보고 외모에 편견을 가졌다고?'

하지만 문득 그 말이 맞을지도 모른다는 생각이 들었다.

단순히 예쁘고, 잘생겼다는 미적 기준을 말하는 게 아니었다. 나이, 분위기, 출신 등을 잣대로 삼아서 제대로 겪으며 알기도 전에 사람을 평가해 왔다는 뜻이었다.

"네 나이를 물은 것이 편협하다고 말하는 것이냐?"

"편협하다고까지 할 수는 없겠지만, 반 소협은 제 생각과 시야의 수준을 나이에 맞추어 경계의 선을 그으려 하신 게 아닙니까."

"맞다."

"전 그것이 옳지 못하다고 말하는 것입니다. 분명 연륜이 쌓이게 되면 그 생각의 깊이가 남달라지게 되겠지요. 하지만 어리다고 해서 모든 게 좁고 낮다 단정 지을 수도 없는 게 아닙니까."

"……."

반악은 침묵했다.

기분이 나빠서가 아니라, 묵담철의 주장이 나름의 정당성과 설득력을 가지고 있다 생각했기 때문이다.

"내가 사과를 하면 되는 것이냐?"

"사과를 받자고 한 말은 아닙니다."

"하지만 해야 할 것은 해야겠지. 평가의 기준으로 삼고자 네 나이를 물은 것은 내 잘못이다. 미안하다."

"그리 말씀을 하신다면 사과를 받아들이겠습니다."

"그럼, 이제 돌아가자. 네 주장도 이해할 부분은 있지만, 확실히 이런 건 내게 시간 낭비니까."

반악은 왔던 길로 돌아섰다.

"반 소협."

"……?"

"제 나이는 열일곱입니다."

"……!"

반악은 놀란 표정을 지으며 묵담철을 돌아봤다.

그는 지금껏 묵담철의 나이를 열다섯도 되지 않았다고 생각해 왔기 때문이었다.

'동안인가?'

하지만 그렇게 단순히 생각할 수 없는 문제였다.

일단 체형이나 키가 열일곱처럼은 보이지 않았으니까.

묵담철은 그런 반응을 예상했다는 듯 입가에 씁쓸한 미소를 지었다.

"허약체질입니다."

"……?"

"워낙 발육 상태가 나쁘다보니 모두들 열다섯 살도 되지 않는다고 생각하죠. 하지만 정말로 열일곱입니다."

반악은 창백하게 보일만큼 하얀 묵담철의 얼굴을 가만히 쳐다보았다.

'피부가 하얗던 건 건강상의 문제 때문이었나?'

문득 얼굴이 하얀 건 묵담철 뿐만이 아니라는 걸 깨달았다.

"네 누이도 허약체질이냐?"

"집안 내력입니다. 아, 그리고 누님의 나이도 보기보다 많습니다."

"……?"

"여자의 나이를 함부로 발설할 수 없어 정확히 알려드릴 수 없지만, 반 소협이 생각하시는 것보다 서너 살 이상은 더 많다고 보면 될 겁니다."

그럼 이십대 후반?

어쩌면 삼십대에 접어들었을지도 모를 일이었다.

하지만 그게 나쁘지만은 않다는 생각이 들었다.

"그건 여자에게 있어 혜택이잖아."

"어려 보인다는 점만 보자면 그렇겠지요."

단순한 허약체질이 아니라는 뜻일까?

그러나 반악은 의문의 해답을 알 수가 없었다. 묵담철이 그에 대해서 설명하지 않았고, 반악도 묻지 않았으니까.

"난 돌아가겠다."

"나중에 또 뵙겠습니다."

"볼 일이 있다면."

반악은 배정받은 집 쪽으로 걸어갔고, 묵담철은 그의 뒷모습을 잠시 바라보다 오른쪽 골목으로 움직였다.

*　　　　*　　　　*

'젠장, 여긴 닭도 안 키우나?'

염서성은 소금으로 간을 한 삶은 채소를 우적우적 씹어 먹으며 내심 투덜거렸다.

보리밥 한 공기에 별다른 맛을 느낄 수가 없는 채소 반찬 한 가지가 덩그러니 놓여 있는 저녁 식사가 마음에 들 리 없는 것이다.

그는 슬쩍 반악의 눈치를 살폈다.

'나갔다 오더니 표정이 완전히 굳어져 버렸네. 뭔가 안 좋은 일이 있었던 건가?'

견일 등도 염서성처럼 생각하고 있기에 반찬 투정도 안 하고 조용히 식사에 열중하고 있었다.

그러나 착각이었다. 반악의 표정이 굳어 있는 것은 그도 염서성과 같은 마음이기 때문이었다.

'최소한의 성의는 보여야 하는 거잖아.'

그런데 이런 형편없는 구성의 저녁 식사라니.

절강의 외진 시골마을 사람들도 겨울에, 그것도 산적들 때문에 고심이 가득한 어려운 상황 중에 낯선 손님을 대접하겠다며 고깃국을 주지 않았던가.

'날 무시하는 거야?'

반악은 먹을 것에 민감했다.

어쩔 수 없는 상황일 때는 참고 먹지만 웬만하면 맛있게 잘 먹으려고 노력하는 축에 속했다. 그러니 이런 식단에 불쾌감을 느끼는 게 당연한 것이다.

반악은 강학청을 쳐다봤다. 모두 불만스런 표정인데, 그만 아주 맛나다는 듯이 잘 먹고 있었다.

그는 퉁명스런 음성으로 물었다.

"맛있나?"

강학청은 입에 있던 밥을 꿀꺽 삼키며 고개를 내저었다.

"맛있지는 않습니다."

"맛있게 먹고 있는데?"

"맛있게 먹으려고 노력할 뿐입니다."

"여기 형편이 어렵나?"

비아냥거림은 아니었다.

강학청의 말을 들어보니 이렇게 초라한 식단에는 나름의 이유가 있는 것처럼 느껴졌던 것이다.

"어렵습니다. 늘 이 정도의 식단으로 허기를 면하는 수준입니다. 지금은 그래도 나은 편이죠. 몇 년 전에는 더 형편없었습니다."

"지금 농담하는 거요?"

염서성이 믿기지 않는다는 얼굴로 되물었다.

하지만 강학청의 대답은 단호했다.

"농담이 아닙니다."

"하지만 반룡복고당의 본거지잖소. 그리고 려강에서 돈을 보내고 있는 걸로 알고 있는데?"

"그렇다고 해도 수백을 풍족하게 먹여 살릴 만큼 많은 금액은 아닙니다."

"수백?"

반악이 마을에 들어서고 본 사람들은 백 명이 되지 않았다.

집 안에서 나오지 않은 사람들이 있었다고 가정한다 해도 백 명을 조금 더 넘는 정도에 불과할 것이다. 인구에 따라 집의 숫자도 늘어나는 게 당연하니, 작고 허름한 수십 채의 집에 수백 명이 살고 있다고 생각할 수는 없기 때문이었다.

그러나 강학청의 이어지는 말은 달랐다.

"이곳엔 남녀노소를 모두 합쳐 삼백 명 가량이 살고 있습니다."

"삼백 명이라고?"

"예."

"보이는 집들 말고도 따로 은신처가 있다는 거군. 이를테면 마을 뒤편에 보이는 야산 같은 곳에 말이야."

거룡성과의 싸움에 나섰던 문파의 사내들 대부분이 죽었기 때문에 반룡복고당엔 여자와 아이들이 더 많았다.

게다가 아무도 살지 않았던 지형에 갑자기 삼백 명이나 살고 있는 마을이 생기면, 그것도 장성한 사내들에 비해 여자와 아이들이 너무 많으면 자연히 의심을 사게 될 것이다.

세금을 걷으러 온 관인들도 신경 써야 함은 당연지사.

그래서 외부에 드러낼 수 있는 숫자를 백 명 정도로 한정하고 나머지는 몸을 감추고 있는 게 분명했다.

"그리고 대부분의 사람들이 생산적인 활동과는 동떨어진 사람들이죠."

여자와 아이들이 밖으로 나가 돈을 벌어올 수도 없는 일이고, 이곳에서 농사를 돕는다고 해서 생산량이 급증하는 것도 아니었으니까.

초라한 식사대접 때문에 화가 났던 반악의 마음이 살짝 가라앉았다.

'삼백 명이 넉넉히 먹고 살 수 있으려면……'

지금 있는 논과 밭보다 최소 다섯 배 정도는 더 넓어야만 했다.

거기에 거룡성의 동태를 살피고자 사람들을 파견하고, 기습할 기회라도 생기면 그에 따른 준비로 아끼며 모아두었던 자금을 써야만 할 것이다.

즉, 려강에서 보내는 자금이 지금의 몇 배로 늘어나지 않으면 밑 빠진 독에 물붓기와 다름없는 상황이었다.

본거지의 사람들도 나름 안간힘을 쓰며 살아가고 있는 것이다.

'이런 식단인 게 당연하군.'

맛있게 먹으려고 노력한다는 강학청의 말도 이젠 이해할 수 있었다.

그래서 반악은 굳은 표정을 풀고 묵묵히 식사에 열중했다. 그는 웬만하면 맛있게 잘 먹으려고 노력하지만, 어쩔 수 없는 상황일 때는 꾹 참고 먹을 수 있는 부류에 속하는 사람이기도 했으니까.

*   *   *

식사를 끝내고 반악과 강학청은 집을 나섰다.

집을 나서기 전 반악은 강학청 모르게 은밀히 뒤를 따르라고 견이에게 지시했다. 혹시 생겨날지 모를 최악의 상황을 대비한 것이었다.

두 사람은 어둑해진 길을 따라 옹기종기 모여 있는 집들 사이를 지나쳐 마을 가장 뒤쪽, 야산 아래에 자리 잡고 있는 집에 다다랐다.

'여기가 당주의 집이란 말이지.'

최소한 다른 집들보다 두세 배는 클 것이라 예상했었다.

하지만 반악이 있던 집과 별 차이를 느낄 수 없는 작고, 허름한 집이었다. 모양새만 보자면 이곳이 당주의 거처인지 절로 의구심이 생길 정도였다.

하지만 반악은 이 집에 당주가 있다는 걸 확신할 수 있었다. 눈에 보이지 않았지만 집 주변으로 십여 명이 숨어 있는 걸 감지했으니까.

당주의 거처이기 때문에 삼엄한 경계를 서고 있는 것이다.

끼익.

문이 열리고 섭무백이 나왔다.

"들어오십시오."

강학청이 앞장서고, 반악이 뒤를 따라 안으로 들어섰다.

등불 하나에 의지한 내부는 어두웠다. 끝 쪽에 세 사람이 있었다. 아직은 누군지 모를 중년인과 묵담향, 그리고 의자에 앉아 있는 백발의 장년인.

반악의 시선은 그를 외면하듯 고개를 돌리고 있는 묵담향에게 잠시 머물렀다가 백발의 중년인을 향했다.

분위기로 봐선 그가 당주인 게 분명했으니까.

'……!'

당주의 얼굴을 자세히 살피던 반악은 두 가지 이유로 깜짝 놀랐다.

'장님?'

당주의 눈동자는 검은자가 없어 마치 흐린 하늘처럼 회색빛이었다.

그리고 그는 반악이 알고 있는 사람이었다.

'군자검.'

거룡방이 남궁세가와 싸우기도 전, 아직 함산에 본거지를 두고 있을 당시 남쪽으로 이틀 거리에 있는 마안산에는 검선장(劍仙莊)이란 정파문이 있었다.

백 년도 더 전에 검선장을 개파한 조사는 검선으로 칭송을 받으며 남궁세가조차 인정할 정도로 뛰어난 검의 고수였다. 이후 그 명성과 위세는 이전보다 줄었으나 마안검선장이라고 하면 누구나 감탄성을 터트릴 만큼 안휘에서 손꼽히는 명문검가였다.

하지만 그 마안검선장은 소장주가 작고한 부친의 뒤를 이어 장주직을 맡고 얼마 있지 않아서 거룡방의 기습적인 공격을 받아 멸문하고 말았다.

지금 반악이 보고 있는 백발의 장년인이 마안검선장이 멸문할 당시의 장주인 군자검(君子劍) 하총평이었다.

'죽었다고 들는데……'

거룡방이 마안검선장을 공격할 당시에 참여하진 않았지만 분명히 그렇게 들었었다.

당시 하총평은 아직 소방주에 불과했던 상관모웅에게 치명적인 상처를 입었지만, 죽음을 두려워 않고 필사적으로 몸을 던져 길을 연 가신들의 희생 덕분에 도주할 수 있었다.

그러나 상관모옹은 어릴 때부터 그와 비교대상이었고, 늘 그보다 더 낫다는 평가를 받았던 하총평이 살아 있는 걸 용납할 수 없었다.

그래서 집요하게 추적을 계속했으며 결국 그의 시체를 가지고 거룡방으로 귀환했다.

'그러고 보니 하총평이라며 가져온 시체는 머리가 없었다고 했던 거 같군.'

그 점 때문에 하총평의 시체가 아닐지도 모른다는 소문도 있지 않았던가.

지금 돌이켜보면 상관모옹은 호적수가 살아 있다는 걸, 혹은 시체를 찾을 수 없어 죽음을 확신할 수 없다는 사실을 부친에게 말하고 싶지 않았던 게 분명했다.

만약 하총평이 살아 있다면 마안검선장을 완전히 무너트린 게 아닌 게 되고, 책임자로서 처음으로 수하들을 이끌고 나간 중요한 싸움에서 승리한 성과를 온전히 인정받을 수가 없게 될 테니까.

어쨌든 하총평은 살아 있었음에도 모습을 드러내지 않았고, 싸움이 끝난 지 한 달도 되지 않아 방주직을 물려받았으니, 상관모옹의 선택은 결과적으로 옳았던 것이다.

하총평이 말했다.

"내가 반룡복고당의 당주인 하총평일세. 오래전에는 마안

검선장의 장주로, 무림의 동도들은 나를 군자검이라 불러주었
지."

"……."

"내가 장님이라 놀랐는가?"

하총평은 반악이 침묵하는 이유가 그의 신체적 장애 때문이
라고 생각한 모양이었다.

물론, 아주 아니라고 할 수도 없었지만.

반악은 자신이 그를 알고 있다는 걸 밝힐 수 없었기에 그의
짐작이 맞다고 인정했다.

"솔직히 놀랐소."

반악의 투박하고, 건방지기까지 한 말투에도 불구하고 하총
평은 웃었다.

아마도 그의 성정을 묵담향 등으로부터 전해 들었기 때문에
으레 그러려니 하는 것이리라.

반악은 하총평의 미소를 보고 과거의 기억을 떠올렸다.

'오랜 세월이 지났지만 변함없이 부드럽고, 보기 좋은 미소
군.'

하지만 예전처럼 맑아 보이진 않았다.

당시 거룡방과 마안검선장은 장강을 사이에 두고 오랫동안
대치했었기에 반악은 그를 몇 번 볼 기회가 있었다.

적대적인 관계의 상대를 앞에 두고도 험한 말을 입에 올리
지 않고, 정중하게 예의를 지켰으며, 시종 웃음을 잃지 않았던

사람이 바로 하총평이었다. 마안검선장의 중진들이 반악을 보고 조롱하자 도리어 그들을 질책하며 화를 냈던 모습은 아직도 기억에 선명했다.

그는 반악이 만났던 수많은 정파인들 중에서도 손꼽을 만큼 괜찮은 사람이었던 것이다.

"내 양녀인 향이는 이미 알고 있을 테고, 여긴 내 첫째 제자이네."

하총평은 그의 오른쪽에 서 있는 중년인을 가리켰다.

'저자가 첫째 제자?'

반악은 의외라고 생각했다.

하총평과의 나이차가 열 살도 되지 않아 보였기에 수족처럼 부리는 수하 정도일 거라 여겼던 것이다.

중년인은 포권을 취하며 자신을 소개했다.

"소장삼이라 하오."

"반악이오."

둘의 짧은 인사가 끝나고, 반악은 강학청과 함께 하총평을 마주한 자리에 앉았다.

소장삼은 호위무사처럼 그대로 하총평의 뒤에 서 있었고, 묵담향만 옆자리에 앉았다. 그리고 섭무백은 누가 들어오는 걸 경계하듯 입구 쪽에 섰는데, 알고 보니 그는 하총평의 넷째 제자였다. 그보다 나이가 어린 공추걸보다 서열이 낮은 것이다.

물론, 나이와는 별개로 먼저 들어오는 순서에 따라 사제지간의 서열이 결정되는 상황이 비일비재하게 일어나는 무림에선 이상하다고 할 수 없었다.

하총평은 검은자가 조금도 보이지 않는 회색빛 눈으로 반악을 직시하며 물었다.

"자네가 진정 남궁세가의 후인인가?"

"그렇소. 그리고 증명할 방법은 무공밖에 없소."

"그 점에 대해선 이미 들어 잘 알고 있네. 하지만 내가 앞을 보지 못해서 직접 확인할 수가 없군. 사실 볼 수 있다고 해도 그러지 않을 것이지만."

"⋯⋯?"

"이상하다 생각하는가? 이유를 들어보면 이상할 것도 없다네. 내가 믿고 있는 이들 모두가 자네를 남궁세가의 후인이라 굳게 확신하고 있기 때문에 확인할 필요가 없는 걸세."

그만큼 아랫사람들을 신뢰하기 때문에 걱정하지 않는다는 의미였다.

그러나 반악에겐 그 말이 진심처럼 들리지 않았고, 다른 이유가 있을지 모른다는 생각까지 드는 건 왜일까. 그것도 잔혹마 시절 드물게 괜찮은 사람이라 생각했던 하총평이 한 말인데도 말이다.

'뭐 상관은 없겠지.'

진짜 이유가 무엇이건 간에 그가 남궁세가의 후인이라 생각하겠다는데 반박할 필요는 없었다.

"자넨 우리의 당원이고 식구일세."

하총평은 손을 내밀었다.

미리 이런 상황에 대해 언질을 받은 반악은 자리에서 일어나 하총평의 손을 잡고 살짝 머리를 숙였다.

반룡복고당을 위해 성심을 다하겠다느니 하는 말을 덧붙이면 더 좋았겠지만, 반악의 성격을 알고 있는 강학청은 강요하지 않았다.

사실 이제까지 반악의 고집스런 언행을 생각하면 머리를 숙였다는 것도 대단히 놀라운 일이었으니까.

반악이 자리에 앉자 하총평이 진짜 중요한 이야기를 시작했다.

"강 서생이 한 제안에 대해 심사숙고해 보았네. 자넨 이미 강 서생의 부탁을 받아들이기로 했다지?"

"그렇소."

"쉽지 않은 일일 텐데 흔쾌히 수락해줘서 고맙구만."

"거룡성을 상대하기 위해서 하는 일이기 때문이오."

"우리에겐 그런 마음과 의지가 무엇보다 중요하지. 여하튼, 지금의 안휘 정세를 살펴볼 때 강 서생의 제안이 타당하다는 생각이 들더군. 강 서생, 자네의 생각대로 한 번 해보세. 그리고 앞으로도 당의 발전을 위한 제안이라면 언제든 서슴없이 말해 주게나."

"명심하겠습니다, 당주님."

강학청은 깊이 머리 숙여 공경어린 감사를 표했다.

하지만 자신의 제안이 받아들여질 것이라 확신하고 있었기 때문에, 그의 내심은 감격해하는 표정과 달리 매우 담담하기만 했다.

"자세한 일정은 강 서생이 따로 설명해 줄 테고, 자넨 삼 일쯤 뒤에 향이와 함께 출발하도록 하게. 더 이야기할 것이 없으니 논의는 이것으로 끝내기로 하지."

"……!"

하총평의 말에 반악은 어리둥절한 시선으로 강학청을 쳐다봤다.

강학청이 하총평에게 제안한 계획이란 것은 안휘 주변 지역의 패권을 잡고 있는 정파문들을 찾아가 사파인 거룡성의 위험성을 설명하고, 거룡성의 무분별한 세력 확장을 견제하기 위해 자신들과 맹약을 맺도록 설득하자는 내용이었다.

그래야 거룡성이 본거지를 안휘 북쪽으로 옮긴 현재의 상황을 기회로 삼아서 남쪽을 공략해도, 거룡성의 대대적인 반격 가능성을 낮추고 그에 대비하고 방어하는데 있어서 한층 수월해질 수 있다는 게 강학청의 생각이었다.

그리고 정파문들이 맹약을 맺을 마음이 생기도록 충분한 설득력을 가지려면 남궁세가의 후인이며, 무공의 경지가 남다른 반악이 앞장서야 한다는 판단 하에 그에게 먼저 내용을 설명하고 허락을 청한 것이다.

하지만 반악은 그 여정에 묵담향이 함께해야 한다는 말은 전혀 듣지 못했다.

"묵 소저를 함께 보내실 생각이시란 말입니까?"

반악이 의문을 제기하기도 전에 강학청이 먼저 하총평에게 물었다.

그 역시 묵담향이 반악과 동행할 것이라 생각하지 못했던 것이다.

"이왕이면 강 서생이 같이 갔으면 좋았겠지만 열혈당의 당두를 맡아 할 일이 산더미처럼 쌓여 있고, 그래서 셋째를 함께 보낼까도 생각했었지만 이번엔 무엇보다 뛰어난 협상 능력이 필요하다 판단하고 향이를 같이 보내기로 결정했네."

"하지만……."

"제가 가는 것에 불만이 있으신가요?"

조용히 듣고만 있던 묵담향이 강학청을 똑바로 쳐다보며 물었다.

려강에 있을 때부터 병법서 등을 비롯한 관심분야가 비슷해 많은 이야기를 나누었고, 강학청이 곤란할 때 몇 번이나 그의 편을 들어서 도움을 주었던 묵담향이 아니던가.

누군가의 지시가 아니고, 묵담향이 스스로 판단해서 동행하고자 하는 것이라면 강학청으로서는 반대하기가 어려운 것이다.

'어쩌면 묵 소저가 같이 가게 되면 더 좋을 수도……'

강학청이 타 문파와의 협력을 통해 반룡복고당의 활동력을 높여야겠다는 생각을 머릿속에서 구체적으로 정리하기 시작할 때, 동행 없이 반악만 보낼 생각을 한 것에는 크게 두 가지 이유가 있었다.

첫째는 거룡성이 눈치채지 못하도록 빠르고 은밀하게 이동해야 하니 되도록 사람이 적어야 하고, 둘째는 남궁세가란 이름과 반악의 엄청나게 강한 무공이라면 특별히 도움을 받지 않더라도 타 문파를 설득하는데 아무런 문제가 없다고 생각했기 때문이었다.

게다가 견일 등의 실력이 뛰어난 종들이 그를 보필하고 있으니, 혼자라서 위험할 수 있다는 걱정은 하지 않아도 되지 않겠는가.

하지만 언변과 지적인 능력이 뛰어난 묵담향이 같이 동행하게 된다면 호랑이에 날개를 달아준 격이 될 것이다.

다만, 그녀가 동행한다는 것에 장점만 있는 건 아니었다.

"묵 소저가 반 소협과 함께 가주신다면 큰 힘을 실어주는 일이겠지요. 하지만 이번 여정은 체력적으로 매우 힘든 여정이 될 것입니다. 솔직히 묵 소저가 여정을 견뎌낼 수 있을지 걱정이 됩니다."

강학청은 그녀가 무공을 익히지 않았고, 여자이기 때문에 체력적으로 문제가 있다고 생각하는 것이다.

묵담향은 강학청이 말한 뜻을 이해하고 곧바로 반박했다.

"제가 무공에 문외한이고, 힘겨운 여정에 적합하지 않은 체력이라는 건 잘 알고 있습니다. 하지만 이동할 때는 마차를 타고 갈 것이니 체력이 소진될 일은 없고, 싸우기 위해 가는 것이 아니니 무공을 익히지 않았다고 해서 문제가 될 이유는 없겠지요. 그리고 참을성만큼은 누구에게도 지지 않을 자신이 있으니, 몸이 아파서 반 소협의 발목을 잡는 일은 절대로 없을 거예요."

묵담향은 냉랭한 시선으로 반악을 한 번 쳐다보고는 강학청에게 시선을 고정시켰다.

"그래도 반대하실 건가요?"

강학청은 내심 한숨을 내쉬었다.

이렇게 노골적으로 반대하지 말라고 요구하는데 어찌 이견을 낼 수 있겠는가.

그는 반악을 쳐다보며 물었다.

"반 소협의 생각은 어떻습니까?"

현재 반악과 묵담향의 사이가 좋지 못하다는 걸 알고 물은 건 아니었다. 그는 무위에서 둘 사이에 어떤 일이 있었는지 전혀 모르고 있었으니까.

다만, 반악이 그의 주군이고, 이번 여정은 반악이 얼마나 잘해 주느냐에 따라 성공 여부가 달린 만큼 그의 의견을 중시하는 게 당연했다.

만약 그가 묵담향과 동행하기 싫다고 한다면 당주라고 해도 강제로 진행시킬 수는 없었다.

"여정에 걸림돌이 되지 않고, 스스로 지킬 자신이 있다면 동행을 반대할 이유가 없소."

묵담향은 살짝 놀란 시선으로 반악을 바라봤다.

지난번의 일로 사이가 틀어져 버렸으니 동행하는 것에 대해서 반악이 강하게 거부할 줄 알았던 것이다.

사실 반악은 처음엔 거부할 생각을 했었다. 하지만 감정적인 이유로 강하게 거부하게 되면 이상하게 보일 것이고, 하총평 등이 그 이유를 집요하게 캐물을 수도 있는 일이었다.

"이제 반대할 사람도 없으니 둘이 같이 가는 문제는 더 이상 논할 필요가 없겠군. 모두 나가들 보게."

하총평의 축객령에 소장삼을 제외한 모두가 밖으로 나갔다.

"사부님, 반 소협은 잘생긴 외모와는 별개로 기묘한 분위기를 가진 사내로군요."

하총평은 동감이라는 듯 고개를 끄덕였다.

"아주 기묘해. 그리고……."

왠지 모르게 남궁세가와 어울리지 않다는 느낌이 들었다.

하지만 그런 생각을 드러내진 않았다.

"사부님 그리고 어떻다는 말씀이십니까?"

"아무것도 아니다."

'상관없지.'

반악이 진짜 남궁세가의 후인이던, 아니면 그저 우연히 무공을 배우게 돼서 가짜로 후인 행세를 하던 하총평에겐 전혀 상관없었다.

'쓸모만 있다면……'

하총평은 그의 복부에 칼을 찔러 넣고 득의어린 웃음을 짓던 상관모웅의 얼굴을 떠올리며 습관적으로 자신의 얼굴을 양손으로 가리고 눈언저리를 더듬었다.

손에 가려진 그의 얼굴은 잔뜩 일그러지고, 마음에선 짙은 살심이 이글거렸다.

'놈이 반드시 대가를 치르도록 만들겠다.'

하총평은 상관모웅을 죽일 수만 있다면, 거룡성을 무너트리는데 도움이 되기만 한다면 천하의 살인마, 사기꾼이라고 해도 당원으로 끌어들일 마음의 준비가 되어 있는 것이다.

*   *   *

"반 소협."

반악은 그를 부르는 소리에 멈춰 서서 뒤를 돌아봤다.

묵담향이 굳은 얼굴을 한 채 다가오고 있었다.

반악은 강학청에게 조그만 목소리로 먼저 돌아가 있으라고 말했다.

강학청이 사라지고, 반악은 그의 앞에 선 묵담향을 마주 쳐다봤다.

"무슨 일이오?"

"이번 일이요."

"……."

"내가 같이 가겠다고 한 게 아니라, 당주님이 지시하셨기 때문에 가게 된 거예요."

"당주가 시키면 어떤 일이든 하는 거요?"

"비꼬는 건가요?"

"그렇게 느꼈다면 어쩔 수 없지."

"처음엔 별로 내키지 않았지만 내용을 모두 듣고 마음이 바뀌었어요. 이번 일은 반룡복고당에 있어서 반드시 성사시켜야 하는 일이고, 그래서 나도 도움이 되도록 최선을 다할 생각이에요. 그러니 우리 사이의 문제는 잠시 접어두고 임무에만 충실했으면 좋겠어요."

"……."

"그리고 맞아요. 난 당주님이 시키는 일이라면 무엇이든 할 생각이에요. 왜냐하면 그분은 나와 내 동생에게 있어 은인이시니까요."

묵담향과 하총평 사이에는 양녀 이상의 뭔가 다른 내막이 있는 모양이었다.

"나 역시 당신의 은인이 아니었던가? 그것도 생명의 은인."

"……."

"은인이란 게 상대를 가려 비중을 두는 것인 줄은 몰랐군."

반악은 코웃음을 치며 돌아섰고, 묵담향은 이를 악문 다음 그에게 소리쳤다.

"기다려요!"

하지만 반악은 그녀의 말을 무시하고 그냥 걸었다.

묵담향은 더욱 크게 소리쳤다.

"말해요! 내가 어떻게 하면 우리 사이의 빚을 없앨 수 있는지 말해 보라고요!"

하지만 반악은 끝까지 돌아보지도, 대꾸도 하지 않고 그냥 계속해서 걸어갔다.

*   *   *

열혈당의 당두로서 해야 할 일이 너무나 많은 강학청은 다음 날 반악과 묵담향이 찾아가야 할 문파들, 그리고 어떤 식으로 그들을 설득하고 어떤 조건을 내걸어 맹약을 맺어야 하는지 등등에 대해 설명하고, 그 내용을 잊지 않도록 종이에 적어 준 뒤 오후 무렵 혼자서 이봉마을을 떠났다.

第二十九章

　거룡성의 육중하고 거대한 정문은 개파식 이후 한 번도 열
린 적이 없었다.
　하지만 이른 새벽, 그 정문이 열리고 수십 명이 말을 타고
빠져나와 천천히 속도를 높여 비룡지를 지나치더니 남쪽을 향
해 빠른 속도로 질주해 갔다.

　　　　　*　　　*　　　*

　이른 새벽임에도 말을 탄 무사들이 거룡성을 빠져나와 남쪽
으로 사라지는 것을 지켜본 사람들은 적지 않았다.

아직 문을 닫지 않은 주점과 기루, 일찍 문을 여는 객잔과 대장간 등등에서 일하는 사람들, 혹은 그곳에서 머물렀다가 떠나는 사람들, 그런 사람들을 상대로 국수와 만두를 파는 가판 상인들.

그리고 그 가판 상인들 중에는 정체를 숨긴 채 거룡성의 동태를 살피고 있는 반룡복고당의 당원이 있었으니, 하총평의 둘째 제자인 소장오였다.

그는 첫째 제자인 소장삼의 아우이기도 했다.

'적룡대다.'

말을 타고 있던 사람들 모두 피풍의를 걸치고 덮개를 머리 꼭대기까지 뒤집어쓰고 있어서 용모와 복장을 알아볼 수 없는데도 적룡대라 생각하는 것은, 그들 대부분이 허리에 차고 있는 도 때문이었다.

거룡성에서 붉은 글씨로 겉면에 적(赤)이라 써진 도집을 사용할 수 있는 이들은 적룡대뿐이었으니까.

'적룡대가 이렇게 일찍 어디로 가는 거지?'

안휘의 패권을 차지하면서 대규모로 싸울 일이 없어진 거룡성에서 적룡무사들이 저렇듯 단체로 나올 일이란 딱히 없었다.

그리고 무리 중간에서 달리고 있던 몇 명은 적룡무사들이 아니었다.

그 몇 명은 마치 자신들의 존재감을 감추기라도 하겠다는 듯 보여서 매우 의심스러웠다.

'적룡대가 나설 만큼 큰 싸움이 있을 거라는 이야기는 전혀 듣지 못했는데……. 혹시 함산이나 구화산에 있는 분타로 가는 건가?'

거룡성의 중진들이 시찰이나 점검 차원에서 분타로 가는 것이고, 더불어 근방 문파들에게 위세를 부리기 위해 적룡대를 이끌고 가는 걸 수도 있는 것이다.

'무리 중간에 적룡무사가 아닌 자들이 중진들일지도…….'

하지만 일단은 주관적인 추측에 불과할 뿐이었다.

그렇다고 무시할 수도 없는 일인 건 분명했다. 어쩌면 반룡복고당의 본거지를 알아낸 것일 수도 있었으니까.

'아니, 적룡대 정도의 무력단이라고 한다면 본거지보다 려강 쪽으로 가는 것일지 모른다.'

본거지를 알고 가는 것이라면 적룡대 정도가 아니라, 더욱 큰 규모의 토벌대가 나서야 할 테니까.

천문당의 일조장이 신분을 감춘 채 려강에 침투해 있다가 발각되었다는 건 거룡성이 려강 당원들에 대해 어느 정도 파악하고 있다는 뜻이었으니, 그쪽으로 갈 가능성이 더 높다고 봐야 했다.

'어쨌든 저들의 움직임을 최대한 빠르게 전해야 하는데…….'

본거지나 려강에서 적룡대의 움직임에 대비를 하려면, 혹은 그들을 향한 기습을 준비하려면 적룡대가 도착하기 전에 먼저 소식을 전해야만 했다.

'아니지, 먼저 저들을 뒤쫓으면서 어느 쪽으로 가는지를 파악해 두어야겠어.'

소장오는 재빨리 가판을 정리하고, 그의 말을 숨겨 둔 은신처를 향해 급히 달려갔다.

*   *   *

두두두.

거룡성을 빠져나와 비룡지를 벗어나고 한동안 맹렬한 속도로 달리던 적룡대는 관도에 들어서고부터 절반 정도 떨어진 속도를 유지했다.

이번 출행의 목적이 중요하기는 하지만 말이 지쳐 죽어도 상관없을 만큼 시급한 일은 아니었으니까.

"큰형님, 이번 출행에서 우리가 하는 일이 정확히 뭐랍니까?"

하북삼귀의 막내 송노칠은 일귀인 하봉에게 조용히 물었다.

하봉은 자신들 옆에서 달리다가 조금 전 선두 위치로 자릴 옮겨 적룡대 대주와 이야기를 나누고 있는 홍문한의 뒤통수를 쳐다보며 말했다.

"우선 뒤쪽으로 빠지자."

하봉을 시작으로 말의 속도를 늦춘 세 사람은 무리 가장 뒤쪽에 자릴 잡은 다음 이야기를 시작했다.

"우리의 임무는 홍 당주의 호위다."

하봉의 말에 송노칠은 인상을 찡그렸다.

"고작 호위하는 일 때문에 우리가 나선 거란 말입니까?"

하봉은 자존심 상해 죽겠다는 듯 화를 냈다.

원래는 하북이 주요 활동무대였던 이들 하북삼귀는 하북팽가와 다툼이 생기고 진주언가까지 합세하여 핍박을 하자 견디지 못하고 안휘로 도망쳐왔다. 처음엔 잠시만 머물 생각으로 상관방주의 식객으로 들어왔다가 결국 거룡성의 호법이 되었다.

호법은 외부에서 영입한 고수들에게 소속감을 느끼도록 하기 위해 주는 명예직으로, 당연히 거룡성 출신 고수들에 비해 충성심과 입지, 일반 무사들에 대한 영향력 등이 약할 수밖에 없었다.

그래서 외부에서 영입한 고수들 중에 무력단 단주나, 부단주가 아무도 없는 것이다.

하지만 이들은 단 셋이서 거파인 하북팽가와 맞설 만큼 강한 고수들이었고, 거룡성의 패권싸움에서 적지 않은 활약을 함으로써 장로들과도 어깨를 나란히 할 만큼 문파 내에서 나름의 입지를 굳힌 상태였다.

이들을 추종하고, 따르는 무사들도 적지 않았다.

헌데 그런 자신들에게 호위라니.

"이거 너무한 거 아닙니까?"

"막내야, 목소리가 너무 크다."

이귀 상조면이 급히 눈치를 주었다.

주변에 적룡무사들이 가득한 상황에서, 그것도 바로 저 앞에 홍문한이 있는 상황에서 안하무인으로 불만을 드러내서 좋을 것은 없기 때문이었다.

"제가 못할 말을 한 것도 아니질 않습니까."

하지만 말은 그렇게 해도 목소리를 낮추는 걸 보면 눈치가 보이긴 하는 모양이었다.

사실 송노칠도 그렇고 상조면도 그렇고, 셋은 주위의 눈치를 보며 말을 아끼는 사람들이 아니었다. 실력만큼이나 오만하고 자존심이 강해서 대부분의 사람들을 자신들의 눈아래로 본다고나 할까.

하지만 잔혹마가 존재감 없이 사라지고 나서부터 이들도 몸을 사리기 시작했다.

'미운털이 박히면 잔혹마도 끝장이 나는 판이니, 우리 역시 조심할 수밖에 없잖아.'

이들도 잔혹마가 상관 성주와 홍문한에 의해 제거되었다고 생각하는 것이다.

"일단은 호위라는 것이니, 그렇게 열 받을 거 없다."

"일단은요?"

"자세한 설명은 나중에 하겠다고 했지만, 가만히 생각해 보면 대충 짐작이 되잖느냐."

"……?"

여전히 모르겠다는 두 아우의 표정에 하봉은 내심 한숨을 내쉬며 물었다.

"최근 홍 당주가 팔공산을 떠난 일이 있었더냐?"

"없었죠. 맡은 일이 너무 많아서 먹고 잘 시간도 없을 정도라 들었습니다. 그러고 보니 그리 바쁜 홍 당주가 어딜 가려고 하는 걸까요?"

"게다가 적룡대까지 끌고 나왔다. 그냥 바람이나 쐬자고 나온 것이 아니란 말이지. 그리고 홍 당주가 우리에게 호위를 맡긴 것도 그만큼 실력을 인정한다는 뜻이 아니겠냐. 또한 우리의 힘이 필요할 만큼 위험한 일이 생길 수 있다는 뜻도 되겠지."

"하긴 그럴 수도 있겠네요. 그런데 대체 어딜 가려는 걸까요? 젠장, 왜 목적지를 이야기 안 해주는지 모르겠네. 얼마나 큰 비밀이라고 사람 답답하게 말이야."

"어차피 나중에는 알게 될 것이니, 모른다고 조급해할 거 없다."

"그렇기는 하지만……."

"내 말 잘 들어라. 우린 목적지나 내막 같은 건 신경 쓸 필요가 없다. 그냥 우리가 잘 하는 걸 하면 되는 거야."

이귀와 삼귀는 히죽 웃었다.

싸우는 것과 사람 죽이는 것이 그들의 장기였으니까.

"우린 이번 일을 기회로 삼아야 한다."

"무슨 기회요?"

"천하의 고수가 되는 기회 말이다."

"예?"

하봉은 우선 앞쪽을 살펴 적룡무사들과 홍문한이 이쪽을 신경 쓰지 않는다는 걸 확인한 뒤 목소리를 더욱 작게 하며 말했다.

"추귀가 사라졌으니, 그의 빈자리를 우리 하북삼귀가 차지해야 할 것이 아니냐."

이들은 같은 귀(鬼)를 별호 끝에 붙여서 사용하는데도 잔혹마는 천하 오십삼 명의 고수 안에 들어가 일귀가 되고, 자신들은 그렇지 못했다는 것에 대해서 오랫동안 불만스럽게 생각하고 있었다.

그러나 이제 추귀가 사라졌으니, 공석이 된 그 자리에 자신들이 들어갈 기회가 생긴 것이다.

"무엇보다 우리가 천하의 고수로 꼽히지 못한 것은 거룡성 내에서도 잔혹마에 뒤처지는 활약 때문이 아니겠느냐. 그러나 이번에 홍 당주의 안위를 책임지고, 크게 활약을 해 우리의 실력이 제대로 알려지면 상황은 달라질 것이다."

"큰형님의 말씀은 거룡성 하면 하북삼귀를 떠올리도록 만들어야 한다는 겁니까?"

"바로 그렇다. 실상 우리가 잔혹마보다 떨어질 게 뭐가 있냐."

"그렇지요. 오히려 잔혹한 손속에 있어서는 우리가 잔혹마를 능가하잖습니까. 그놈에게 밀리는 것이라면 딱 하나, 추악한 용모밖에 없습니다."

이들이 천하의 고수로 꼽히지 못했다는 불만의 근원이 바로 그것이었다.

외모를 빼고 실력과 잔혹성에 있어서 자신들은 잔혹마를 능가하는데도 인정을 받지 못했다고 생각하는 것이다.

물론, 잔혹마의 앞에서는 한 번도 그러한 불만을 드러낸 적이 없었다.

하북팽가의 고수들 앞에서도 겁 없이 당당했던 이들이었지만, 이상하게도 잔혹마 앞에서는 기를 펼 수가 없었기 때문이다.

그러지 말아야지 하면서도 잔혹마를 앞에 두면 저도 모르게 시선을 피하고, 입이 굳어지고 마는 것이다. 이들뿐만이 아니었다. 이들처럼 식객으로 들어와 호법이 된 고수들 모두가 잔혹마 앞에서 고양이 앞의 쥐처럼 행동했다.

'외모 때문이야.'

하북삼귀는 지금껏 그렇게 자위하고 믿어왔다.

자신들 역시 만만치 않게 살벌하게 생겼지만, 잔혹마의 추악함과 비교하면 달빛 앞에 반딧불처럼 존재감이 떨어지고, 그래서 대적하고 싶은 마음이 흐릿해져서 그런 것이라고.

'하지만 이젠 그가 사라졌으니⋯⋯.'

"앞으로 우리가 거룡성의 대표 고수가 되어 하북삼귀란 별호를 만방에 떨치고, 천이서생이 우리의 이름을 천하 고수 목록에 올려놓게 만드는 것이다."

"역시 큰형님은 식견이 남다릅니다. 암요, 우리가 마음만 먹으면 거룡성을 대표하는 것쯤이야 일도 아니죠."

"큰형님, 그러면 우리의 별호도 바꿔야 하지 않을까요? 하북을 떠나온 지도 오래됐고, 이젠 안휘에서 살고 있는데 하북삼귀라고 하면 좀 이상하잖습니까?"

"흠, 그렇기도 하군. 거룡성을 대표하는 고수로 불리려면 그에 어울리는 별호도 필요한 법이지. 이제부터 우리가 쓸 새로운 별호를 만들어 보자."

하북삼귀는 잔뜩 들떠서 이러저러한 별호를 마구 늘어놓았다.

'거룡성의 대표 고수가 되겠다는 놈들의 짓거리가 저리 유치해서야……'

홍문한은 내심 코웃음을 쳤다.

자기들끼리 이야기하겠다고 맨 뒤쪽으로 빠지고 목소리도 낮추긴 했지만, 홍문한도 나름 고수라 불리는 사람인데 그들의 대화를 듣지 못할 리가 없는 것이다.

'알면 알수록 단순무식한 자들이 아닌가.'

하북삼귀가 하북을 대표하는 문파들 중 하나인 하북팽가와 척을 지게 된 건 하북팽가의 여인인 줄도 모르고 희롱하다 싸움이 일어났기 때문이었다.

게다가 이리저리 쫓기는 와중에 하북의 또 다른 대표문파인 진주언가의 여인을 능욕하려다가 걸려서 결과적으로 두 거파의 추적을 받게 됐고, 결국 안휘까지 도망쳐온 것이다.

'무식하면 용감하다고 하더니…….'

추잡한 짓거리를 하다가 도망쳐 왔으면서 부끄러움도 모르고 하북의 두 거파와 당당히 맞서 싸웠다고 자랑이나 하는 족속들이 바로 하북삼귀였다.

물론, 일귀 하봉은 자신이 그들을 대동한 진짜 이유를 어렴풋이 짐작하여 아우들에게 설명까지 할 정도로 나름 생각도 하고, 머리도 굴릴 줄 알았다.

허나 그뿐이었다. 천하 오십삼 명에 속하는 고수들로 명명이 되려면 지금보다 더 깊은 안목과 계획성, 그리고 인내심과 진중함을 지녀야만 하는 것이다.

아니면 그 모든 게 필요 없을 만큼 무지막지한 수준의 무공 고수여야 했다.

'어쨌든 무공실력과 잔인한 손속은 어느 정도 인정할 만하지.'

상관미조의 지적대로 잔혹마의 빈자리를 채울 만한 고수들로 하북삼귀가 딱 알맞았다.

게다가 자신들이 하북삼귀를 밀어줄 생각을 하고 있으니, 어쩌면 저들의 바람대로 천하의 고수 오십삼 명 안에 속하게 될 수도 있는 일이었다.

거룡성의 성주이기 때문에 육패의 일인이 된 상관모웅의 경우처럼 말이다.

'그건 그렇고……'

홍문한의 미간이 좁혀졌다.

상관미조와 관련한 생각을 하자 자연히 그녀와 있었던 일들이 떠오른 것이다.

술에 취한 채로 그녀인지도 모르고 가졌던 첫 관계, 그리고 다음 날과 그 다음 날 있었던 두 번째와 세 번째 관계.

'완전히 홀린 기분이야.'

상관미조는 꿀과 같은 여인이었다. 안 된다고 몇 번을 다짐했으면서도 막상 그녀가 다가오면 너무나 달콤해서 거부할 수가 없었다.

하지만 더 이상은 일어나지 말아야 할 일이었다.

그녀가 의형의 딸이라는 점도 이유이겠지만, 무엇보다 상관미조가 단순히 욕망을 채울 목적으로 접근한 게 아니기 때문이었다.

'내가 생각했던 것보다 욕심이 커……'

시녀들을 이용해 바닥에서 오가는 정보들을 규합해 활용하고 있고, 천문당 부당주가 되자마자 그의 약점을 잡아 버렸으니 그 의도야 뻔한 게 아니겠는가.

상관미조는 부친의 뒤를 이어 성주가 되고자 하는 것이다.

'어쩌면 이미 돌이킬 수 없는 상황이 되었는지도 모른다.'

아무리 잘 말한다고 해도 이제 와서 있었던 일이 없었던 일이 될 수는 없으니까.

'그렇다면……'

상관미조와 잘 이야기해 합의점을 찾아야만 했다.

'일단은 급하게 마음먹지 말고 돌아갈 때까지 잘 생각해 보자.'

홍문한은 골치가 아파 와서 잠시 동안은 아무 생각도 하지 말고 달리는 데 집중하기로 했다.

"손 대주, 날이 저물기 전에 장봉까지는 도착했으면 하는데, 조금 더 빨리 달리는 게 어떻겠소."

"알겠습니다, 홍 당주님."

적룡대 대주 손패는 뒤쪽으로 손을 흔들어 신호를 하고는 고삐를 크게 한 번 흔들어 말의 속도를 높였다. 적룡무사들도 그와 보조를 맞추기 위해 말을 다그쳤다.

새로운 별호를 만들자는 목적으로 자기들끼리 대화에 푹 빠져 있던 하북삼귀도 뒤늦게 정신을 차리고 뒤처지지 않기 위해서 열심히 고삐를 흔들어 댔다.

두두두두.

메마른 관도 위로 수십 마리의 말이 먼지를 가득히 일으키며 장봉이 있는 남쪽을 향해 질주해 갔다.

　　　　　　＊　　　　＊　　　　＊

　이봉마을, 사시(巳時; 오전 9~11시) 무렵.

　탕 탕.

　"반 소협."

　섭무백은 문을 두드리며 반악을 불렀다.

　하지만 집 안에선 아무런 반응이 없었고, 그래서 문을 열어
보니 역시 텅 비어 있었다.

　"반 소협을 찾는 거라면 일행들과 함께 저쪽으로 갔네."

　마침 짐을 짊어지고 지나가던 중년의 당원이 집에서 나오는
섭무백을 보고 말했다.

　섭무백은 내심 고개를 갸웃거렸다. 중년인이 가리킨 방향엔
논과 밭 외에는 아무것도 없는 곳이기에, 그쪽으로 갈 이유가
없는 것이다.

　"언제 나가는 걸 보셨습니까?"

　"한식경이 좀 안 되었을걸."

　섭무백은 중년인이 가리킨 쪽으로 걸어갔다.

　'응?'

　집들을 벗어난 지 얼마 되지 않았을 때 격렬하게 부딪치는
쇳소리가 미미하게 들려왔다.

　'무공 수련이라도 하는 건가?'

　섭무백은 조금 더 빠르게 걸어갔고, 곧 소리의 진원지에 다

다를 수 있었다.

　그곳엔 근처 논에서 일을 하고 있어야 할 당원들과 평소 바둑만 두는 두 노인, 그리고 묵담철을 비롯한 어린아이들이 모여 있었는데, 모두 한 곳을 주목하고 있었다.

　반악이 네 명을 상대로 비무하고 있는 곳을 말이다.

　'아무리 같은 당원이라도 무공 수련하는 걸 지켜보면 안 되는 것인데…….'

　섭무백은 지켜보는 이들에게 그만 돌아가라고 말하려 했다.

　하지만 귀청을 울리는 커다란 격돌음과 고함이 그의 시선을 잡아끌었다.

　카카카카카카캉—

　"늦어!"

　네 방향에서 쏟아지는 공격을 모두 막아낸 반악은 버럭 소리쳤고, 그가 강하게 박도를 휘두르자 막는데 급급하던 견일 등은 땅바닥을 끌며 뒷걸음쳤다.

　그만큼 무기가 격돌하며 생겨나는 반탄력이 엄청났다는 의미였다.

　하지만 적수공권의 염서성은 박도를 피한 뒤 그대로 바닥을 차고 반악의 머리 위로 뛰어들었다.

　순식간에 몇 개로 늘어난 다리가 머리 위를 뒤덮자, 반악은 옆으로 한 걸음 움직이며 지체 없이 박도를 휘둘렀다.

　"……!"

섭무백은 깜짝 놀랐다.

다리를 잘라 버리겠다는 듯 망설임 없이 박도를 휘두르는 반악의 단호함 때문이었다.

다른 이들도 놀란 탄성을 터트렸다.

카카카카캉.

귀가 따가울 만큼 큰 쇳소리가 연속으로 울려 퍼졌다.

"아!"

섭무백은 저도 모르게 감탄성을 터트렸다.

박도와 발끝이 부딪칠 때마다 불꽃이 튀어 오르고 있는 걸 보고서야 염서성이 쇠로 만든 신발을 신고 있다는 걸 안 것이다.

'각법이 예사롭지 않은데, 저자의 정체가 뭐지?'

쇠신발을 신고도 저렇듯 높이 도약해 빠르고, 정교하게 발길질을 할 수 있는 사람은 드물었다.

단순히 누군가의 종노릇이나 하는 사람이라고 생각할 수 없는 뛰어난 실력인 것이다. 허나, 반악은 그런 염서성의 발길질이 마음에 들지 않는 모양이었다.

"그것도 발길질이라고 하는 거냐!"

퍽!

"윽!"

땅에 내려서기도 전에 반악이 내지른 장력에 가슴을 얻어맞은 염서성은 뒤로 붕 날아가 바닥을 뒹굴었다.

"가슴이 훤히 열렸잖아! 이번엔 쇠로 만든 흉갑을 입고 싶은 거냐!"

가슴을 문지르며 일어난 염서성은 땀으로 흥건한 얼굴을 찡그렸다.

그도 이렇게 단박에 가슴을 얻어맞을 줄 몰랐던 모양이었다. 스스로 원해서는 아니었지만, 어쨌든 반악의 지시로 쇠신발 등을 착용한 뒤부터 방어에 대한 걱정을 덜어 자신감이 높아졌는데, 다시금 실력의 차이를 절감한 것이다.

"그리고 너 혼자 공격하면서 공중으로 뛰어올라 뭘 어쩌겠다는 거냐? 그딴 발길질로 뭘 하겠다는 거야? 지금 합공하고 있는 중이란 걸 모르는 거냐? 일단은 시간을 벌다가 쟤들이 왔을 때 같이 공격해야 할 거 아냐."

"죄송합니다, 주인님."

"그리고 너희들."

염서성만큼이나 흥건하게 땀을 흘리며 마치 삼자인 것처럼 질책 받는 걸 관망하고 있던 견일 등은 움찔 놀라 반악을 쳐다봤다.

"왜 바로 안 달려들고 가만히 보고만 있었어? 간격이 멀면 무기의 특성을 활용해 던지기라도 해야 할 거 아냐."

"죄송합니다, 주인님."

"멍청한 새끼들. 다시 공격해, 이번에도 제대로 안 하면 모두 각오해."

견일 등은 각오하란 말에 잔뜩 긴장해서 서로 시선을 교환하며 공격 자세를 잡았다.

　그리고 염서성을 중심으로 반악을 둘러싸며 공격을 시작했다.

　'마치 실전에 임하는 것처럼 덤비는군.'

　섭무백은 견일 등의 비무 태도에 내심 감탄했다.

　사생결단을 한 듯 이를 악물고 덤비는 저들의 모습을 누가 비무 중이라 생각할 수 있겠는가.

　'저처럼 열정적으로 비무에 임하게 만드는 것도 반 소협의 능력이라 할 수 있겠지.'

　하지만 섭무백이 가장 놀란 것은 역시 반악의 무공실력이었다.

　'남궁세가의 무공이 저렇게 부드럽다는 말은 듣지 못했는데……'

　짜임새가 완벽하다고 할 수는 없지만, 쉴 틈도 주지 않고 사방을 옥죄어 공격하는 견일 등의 합공을 막아내는 반악의 움직임은 너무나 부드러웠다.

　보통 모양이 넓고 투박하며 무겁기까지 한 박도와 같은 무기를 사용하게 되면, 초식이 아무리 부드러워도 직선의 움직임이 크게 부각되어 대체로 힘차 보이기 마련인데, 반악이 방어와 공격을 펼치는 모습에선 그런 느낌이 전혀 들지가 않는 것이다.

박도가 아니라 연검을 휘두르고 있는 게 아닌가 하는 착각이 일 정도였다.

'내가 저들의 합공을 막아낼 수 있을까?'

불가능했다.

저들 중에 둘만 덤벼도 낭패를 당할 게 분명했다. 솔직히 염서성 한 명만 해도 승부를 장담할 수 없었다.

'각기 독특한 무기를 사용하기까지 하는 저 정도의 실력자들 네 명에게 합공을 시키는 것 자체부터가 말도 안 되는 상황이지.'

섭무백은 반룡복고당 내에서 견일 등의 합공을 막아낼 수 있는 사람은 아무도 없다고 확신할 수 있었다.

'아니, 안휘 전체를 따져 본다 해도 반 소협처럼 저리 여유롭게 막을 수 있는 사람이······.'

문득 한 명이 떠오르기는 했다.

추귀 잔혹마.

반룡복고당의 당원이라면 절대 간과할 수 없는 존재이고, 천하 오십삼 명의 고수 중에 일인이기도 하기 때문에 섭무백이 그를 떠올리는 건 당연했다.

'어쨌든······.'

반악이 엄청난 고수라는 걸 말로만 들어오다가 직접 목도하고 그 실력을 인정할 수밖에 없다는 생각이 들어서인지, 거칠게 욕을 하고 가격함에 있어서 눈살이 찌푸려질 만큼 단호한 손속을 보임에도 불구하고 부정적으로 느껴지지 않았다. 불현 듯 역시 사람은 잘나고 봐야 한다는 우습지도 않은 생각이 들었다.

"보면 볼수록 감탄이 절로 나오는구먼. 그렇지 않은가, 섭 소협?"

묵묵히 비무를 지켜보고 있던 두 노인이 섭무백을 돌아보며 물었다.

평소 바둑 두는 데만 열중하던 두 노인의 이름은 별고정과 배추심이었다. 한때 금응쌍도(金鷹雙刀)라 불리었던, 합격술로 는 안휘에서 손꼽힐 정도로 대단한 고수들인 것이다.

그들은 안휘 서쪽 금채에 있던 정파문인 금가장의 중신들로 서 멸문당할 당시에는 일선에서 물러나 새외를 유람하고 있었 다. 그러다 뒤늦게 문파의 멸문소식을 듣고 돌아와서 생존자 들을 이끌고 반룡복고당에 입당한 것이다.

려강에 있는 금장거도 이들과 같은 금가장 출신이었다.

"솔직히 말하자면, 우리가 합세한다고 해도 반 소협과의 승 부를 장담할 수 없을 거 같네."

"......!"

섭무백은 그 말에 놀랐다.

그는 이들의 합격술이 얼마나 대단한지 몸소 경험한 적이 있었다. 도저히 노인이라고 생각할 수 없을 정도였다. 그런 이 들이 견일 등과 합세해도 반악을 이길 수 없을 것 같다고 말하다니.

그는 어색한 미소를 지으며 말했다.

"농담이시겠지요?"

하지만 금응쌍도는 웃기만 할 뿐 아무런 대꾸도 하지 않았다.

섭무백은 새삼스런 시선으로 반악을 바라봤다. 그리고 더욱 집중하여 지켜봤다. 금응쌍도조차 인정하게 만들 정도라면, 보는 것만으로도 수련에 도움이 될 테니까.

타인의 무공 수련을 허락도 없이 봐선 안 된다는 생각은 더 이상 그의 머릿속에 남아 있지 않았다.

*　　　*　　　*

"그만."

얻어맞고 나뒹굴었다가 다시 달려들려고 했던 견일 등은 반악의 외침에 앞으로 치켜든 무기를 거두었다.

몇 번이나 얻어맞은 그들은 외적으로나 내적으로나 아프지 않은 곳이 없었다. 사실 그냥 주저앉고 싶은 것을 억지로 참고 있는 것이다.

반악은 한심하다는 표정을 지으며 견일 등을 노려보았다.

"너희들은 자신의 무기를 어찌 사용해야 하는지도 모르는 거냐?"

"죄송합니다, 주인님."

견일 등은 고개를 푹 숙이며 반악의 시선도 마주치지 못했다.

반악은 고개를 돌려 거칠게 숨을 내쉬며 땀을 닦고 있는 염서성을 쳐다봤다.

"고거 움직였다고 힘드냐? 무게 좀 늘어났다고 속도가 그렇게 떨어져? 거북이라고 해도 네 주먹을 피할 수 있을 거다."

자존심을 사정없이 깔아뭉개는 질책에 염서성의 속에선 울화가 치밀어 올랐지만, 공격 한 번 제대로 성공시키지 못하고 얻어맞기만 한 처지에 무슨 할 말이 있겠는가.

"죄송합니다, 주인님."

"다음 점검 때도 같은 문제가 보인다면……."

반악의 말은 중간에서 끊겼다.

그런데 견일 등의 얼굴은 매우 겁나는 협박을 받은 것처럼 창백하게 굳어졌다.

사실 반악은 말을 하지 않은 게 아니라, 그들을 지켜보고 있는 사람들이 듣지 못하도록 입모양으로만 이야기했던 것이다. 다음에 점검할 때도 실력이 나아지지 않았다고 느껴진다면 한쪽 귀를 잘라 버리겠다고 말이다.

이미 오른쪽 귀가 없는 견일의 표정이 가장 심각하게 굳어진 것은 너무도 당연한 일이었다.

"그만 가봐."

"예, 주인님."

견일 등은 지친 몸을 이끌고 거처로 돌아갔고, 반악은 구경하는 이들을 돌아보며 약간 노한 음성으로 말했다.

"이곳에선 허락도 없이 무공 수련을 지켜봐도 상관없는 것이오?"

금응쌍도는 미안하다는 듯 나란히 포권을 취해 보였다.

"반 소협의 무공에 탄복하여 잘못이란 것도 간과한 채 지켜보고 말았소이다."

"늙은이들이 주책을 보였다 생각하고 용서하시구려."

다른 당원들도 미안해하는 표정을 지으며 사과를 했다.

"다음에 또 이런 일이 있으면 참고만 있지 않겠소."

진정 화가 났다는 듯 반악의 대꾸는 매우 차가웠다.

사실 그의 분노는 진짜가 아니라, 인의적인 것이었다.

그는 어제 강학청을 통해 두 노인이 금응쌍도라는 걸 알았고, 그들이라면 남궁세가의 무공을 접해 보았으리란 판단 하에 고의로 무공 수련하는 걸 보도록 유도한 것이다.

그들의 높은 식견을 이용해 반룡복고당 내에 자신이 남궁세가의 후인임을 확실히 인식시키기 위해서.

금응쌍도와 당원들이 자리를 떠나자 반악은 뒤늦게야 자신의 잘못을 깨닫고 낭패스런 표정을 짓고 있는 섭무백을 쳐다봤다.

마치 당신도 그럴 줄 몰랐다는 질책의 의미가 담긴 시선으로.

"미안하오, 반 소협. 크나큰 결례를 저질렀으니, 입이 열 개라도 할 말이 없소."

"화가 나지만, 처음이니 이번엔 그냥 넘어가겠소."

섭무백은 정중히 포권을 취하며 다신 이런 일이 없을 거라고 거듭 사과를 했다.

"내게 용무가 있어 온 것이오?"

"떠나기 전 비밀은신처를 안내해 보여주라는 당주님의 명이 계셨소."

"섭 소협, 제가 안내하면 안 될까요?"

흥미를 잃고 가 버린 어린아이들과 달리 조용히 자리를 지키고 있던 묵담철이 옆으로 다가와 물었다.

"네가 안내하겠다고?"

"예, 섭 소협. 그제도 반 소협에게 마을 구경을 시켜드린 적이 있습니다."

섭무백은 마침 잘 되었다고 생각했다.

조금 전 결례를 저지른 일로 반악의 얼굴을 보기가 난감했는데, 묵담철이 안내하겠다고 하면 그로서는 환영할 일이 아니겠는가.

섭무백은 반악에게 묵담철이 안내해도 되겠냐고 물었다.

"상관없소."

"그럼, 네가 반 소협을 잘 안내해드려라."

"걱정 마십시오, 섭 소협."

섭무백은 조금 급하다싶게 자리를 떠났고, 그가 왜 그리 서둘러 떠나는지 짐작하고 있는 반악은 내심 코웃음을 치며 묵담철과 함께 두 개의 야산이 솟아 있는 마을 뒤편을 향해 걸어갔다.

*   *   *

반악은 묵담철을 따라 야산을 타고 올랐고, 중턱에 이르러 오른쪽으로 방향을 틀어 다시 한참을 걸어갔다.

그리고 도착한 곳엔 동굴의 입구가 있었다.

'교묘하게 찾기 힘든 곳이군.'

넝쿨과 바위 등을 이용해 가려놓은 입구는 확신을 가지고 꼼꼼하게 주변을 살펴보지 않는다면 눈에 잘 뜨이지 않는 위치에 자리하고 있었다.

반악은 넝쿨을 살짝 들치고 성큼 안으로 들어서는 묵담철을 따라 안으로 들어갔다.

'꽤 넓네.'

좌우 넓이가 서너 명이 나란히 움직여도 불편함이 없을 정도였다.

그리고 동굴 안이라고 생각할 수 없을 만큼 밝았다. 천장 위로 뚫린 자그만 구멍들을 통해서 흘러들어온 빛 때문이었다. 반대쪽 통로에서도 빛이 스며들어오는 걸 보면 그러한 구멍들이 계속 형성되어 있거나, 혹은 반대쪽에도 또 다른 입구가 있을 가능성이 높았다.

동릉에 있는 그의 비밀 은신처도 특별했지만, 이곳도 만만
치 않게 신기한 곳이었다.

'용케도 이런 곳을 찾아냈군.'

하총평이 반룡복고당의 본거지를 이곳에 마련한 것은 근방
에 거룡성의 분타가 있기 때문이 아니라, 이 동굴의 활용성 때
문일지도 모른다는 생각이 들었다.

"아!"

동굴에 들어서고 처음 마주친 사람은 나물로 가득찬 광주리
를 들고 있던 중년여인이었다.

그녀는 낯선 반악을 보고 놀라며 경계심을 드러냈다. 묵담
철은 얼른 반악에 대해 설명했다.

"놀라지 마십시오, 이분은 려강에서 오신 반 소협이십니다."

"아, 이분이 반 소협이시라고?"

중년여인의 얼굴에선 경계심이 사라지고 대신 반가움과 호
기심이 자리했다.

"말씀 많이 들었어요. 반 소협이 우리와 함께할 수 있어 너
무나 다행이에요."

반악은 딱히 대꾸할 말이 없어 그냥 미소를 짓는 것으로 대
신했다.

솔직히 마을에서 보았던 사람들은 그에 대해서 별다른 반응
을 보이지 않았기에 중년여인의 이런 반응은 이상하고 낯설기

까지 했다.

그가 고의로 금웅쌍도 앞에서 비무를 한 것도 이곳 사람들이 예상만큼 남궁세가에 대해 관심을 보이지 않는 것 같아서 보다 확실히 각인시키기 위한 의도가 아니던가.

마을 사람들도 이런 식의 반응을 보였다면 굳이 그런 상황을 유도할 필요도 없었을 것이다.

'성정이 특히나 밝은 여자인 모양이군.'

반악은 중년여인의 과도한 반응을 그렇게 정의 내렸다.

하지만 안으로 들어가며 다른 사람들을 마주치기 시작하면서 그게 아니라는 걸 알게 되었다.

"반갑소, 반가워. 반 소협의 이야기는 정말 많이 들었소."

"만나길 고대하고 있었는데, 드디어 반 소협을 뵙게 되네요. 정말 반가워요."

"듣던 대로 반 소협의 모습은 참으로 헌앙하여 절로 믿음이 생깁니다."

"반 소협이 오시길 고대하고 있었어요. 직접 볼 수가 있어서 너무 기뻐요."

만나는 사람마다 처음 보았던 중년여인과 같은 반응들이었다.

아니, 그 이상이었다. 남녀를 불문하고 모두가 그를 목 빠지게 기다렸다는 듯이 말을 하고, 너무 과한 거 아니냐는 느낌이 들 정도로 반갑게 인사를 하고 있었다.

게다가 왁자지껄 떠들며 그의 뒤를 계속 따라 오고 있는 이유는 뭐란 말인가.

'뭐야, 이 사람들은?'

전혀 예상하지 못한 환대와 추종하듯 뒤따라오는 것에 반악은 어리벙벙하기만 했다.

마치 마을에 있는 사람들과 이 동굴에 사는 사람들이 서로 다른 세상에 살고 있는 것처럼 느껴질 정도였다.

"놀라신 거 같네요?"

다른 사람이 듣지 못하게 하려는지, 바짝 붙어선 묵담철이 빙긋이 웃으며 물었다.

반악은 말 그대로 와글와글거리며 뒤를 따라오고 있는 수십 명의 사람들을, 그리고 계속해서 늘어나고 있는 사람들을 어색하게 돌아보며 고개를 끄덕였다.

"왜들 저러는 거지?"

"솔직히 말해서 저도 이해가 가지 않습니다. 하지만 이유가 무엇인지는 알고 있죠."

"……?"

"반 소협은 몇 대에 걸쳐 안휘 최고의 명문으로 군림해 왔던 남궁세가의 진전을 이은 유일한 분이잖습니까. 즉, 안휘에서 거룡성과 비교할 수 있는 무게감을 지닌 단 한 분이라 할 수 있습니다. 거대한 적을 앞에 둔 우리들에게 있어 반 소협은 캄캄한 어둠 속의 등불과 같은 존재인 거죠."

반악이 남궁세가의 후인으로 신분을 위장한 것도 묵담철이 말한 이유와 대동소이하기 때문에 놀랄 일은 아니었다.

그러나 동굴 밖 사람들과 이곳 사람들의 태도가 너무나 다르지 않은가.

"마을에선 이런 반응이 아니던데?"

"일부는 저들만큼 반 소협에 대해 기대를 하지 않고 있어서지만, 대부분은 내색하지 않기 위해 꾹 참고 있던 거죠. 마을에 있는 사람들은 동굴 밖에서 살아가는 대신 철저하게 보통의 농민으로 위장해야만 하는 책임이 있으니까요."

"……."

"처음 반 소협에 대한 이야기를 듣고 사람들 모두가 매우 기뻐했습니다. 연륜이 있으신 분들은 특히 그러했죠. 그분들은 남궁세가가 건재했던 때를 젊은 세대보다 더 잘 기억하는 분들이니까요. 그리고 반 소협이 패왕보에서 보여준 능력과 거룡성의 간자를 잡아내는 등에 있어서 큰 몫을 하셨다는 소식을 듣고 기대가 더욱 커지게 되었습니다. 솔직히 제가 볼 때는 너무 과민한 기대가 아닌가 하는 생각이 듭니다. 어쨌든 동굴에 있는 동안은 저런 분들의 반응에 익숙해지셔야 할 겁니다."

반악은 묵담철의 말에 다시 뒤를 돌아보았다.

사람들은 그가 돌아본 것뿐인데도 너무 환하게 웃음을 지었다. 그들의 눈동자와 표정 가득 기대감이 들어차 있다는 걸 이제는 반악도 느낄 수가 있었다.

'당황스럽군.'

난감했다.

남궁세가의 이름을 사용하게 되면 정파인들이 대부분을 차지하고 있는 반룡복고당에 스며들기가 용이할 거라 생각은 했었지만, 이 정도로 과도한 기대를 받게 될 줄은 몰랐기 때문이다.

'혹시 은신처를 볼 수 있게 한 이유가……'

이런 사람들의 모습을 보고 책임감을 느끼도록 만들기 위한 당주의 의도일까?

지금으로썬 알 수 없었다. 하지만 만약 그러한 의도라고 한다면 당주는 실수한 것이었다. 반악은 사람들의 이런 모습에 책임감 따위를 느낄 정도로 순진한 사람이 아니기 때문이다.

"저 앞이 동굴의 중심입니다."

통로를 벗어나자 나타난 공간은 말 그대로 광장이었다.

백여 명이 누워 있어도 충분할 만큼 넓었는데, 실제로 수십 명의 십대 남녀 아이들이 오와 열을 맞추어 손에 나무 검을 들고서 검법을 펼치고 있었다.

'이런데 숨어서 힘을 키우고 있었던 거군. 그런데 여긴 더 밝네.'

고개를 들어 천장을 올려다보니 위로 올라갈수록 좁아지고 그 끝이 뻥 뚫려서 손바닥만 한 크기의 푸른 하늘이 보였다.

'천장이……'

야산 꼭대기와 연결되어 있었다.

야산 내부에 이 정도로 긴 통로와 넓은 공간이 존재하고 있다는 건 참으로 놀라운 일이었고, 상상하기 힘든 일일 것이다.

"반 소협."

광장 끝 쪽에서 한 사내가 반악을 부르고 손까지 흔들면서 걸어왔다.

아이들이 모두 사내의 동작을 따라 검법을 펼치고 있었는데, 가까이 보니 당주의 셋째 제자인 공추걸이 아닌가.

'안 보인다 싶었더니 여기서 사범 노릇을 하고 있었군.'

그리고 반악이 그를 어찌 생각하든 상관없이 친한 듯 행동하는 것도 여전했다.

"진작 만나러가지 못해 미안합니다. 오셨다는 이야기는 들었지만, 해야 할 일이 있어서요."

공추걸은 반악의 손을 잡으며 조금 과하다 싶게 흔들었다.

마치 두 사람 사이가 매우 가깝다는 걸 알리기 위한 행동으로 보인다고나 할까.

그리고 실제로도 그러했다. 양손을 굳게 잡아 흔들고, 어깨를 두드리고, 려강과 무위에서 있었던 별 시답잖은 잡소리를 하면서 은근히 지켜보는 사람들의 시선을 신경 쓰는 건, 이곳에서 들불처럼 일어나고 있는 반악의 유명세에 슬쩍 발을 걸치고 더불어 주목을 받기 위한 의도였던 것이다.

'이 녀석 보게.'

반악은 유치하게까지 느껴지는 공추걸의 의도를 꿰뚫어보고 내심 코웃음을 쳤다.

"이미 느끼셨겠지만 많은 분들이 반 소협에게 큰 기대를 걸고 있습니다. 자, 이렇게 오셨으니 아이들에게 한 수 가르침을 주시지 않으시겠습니까?"

"······!"

반악은 뭔 소리냐는 듯 공추걸을 쳐다봤다.

공추걸은 두 눈을 반짝이며 이쪽을 쳐다보고 있는 아이들을 슬쩍 쳐다보고 반악에게 속삭이듯 말했다.

"지금 제가 아이들에게 가리치고 있는 것은 칠석검법이라고 하는 기초검법입니다."

칠석검법(七夕劍法)은 마안검선장의 무공으로 검식의 가장 기본적인 형태만을 모아 기초를 착실히 다질 수 있게 만든 검법이었고, 반악도 들어본 적이 있었다.

"제가 무공에 있어 기초가 가장 중요하다고 했지만 아이들은 이 칠석검법이 지루하다고 생각하는 거 같더군요. 그래서 이 검법이 얼마나 훌륭한 무공인지 직접 보여주고 싶습니다."

"무슨 말을 하고 싶은 거요?"

"제가 이 칠석검법만을 써서 공격할 테니, 반 소협께서 살짝 힘겨워하는 듯 막아주십시오."

즉, 모두가 반악을 대단한 고수라고 생각하니 그가 방어에 급급한 모습을 보여준다면 아이들이 칠석검법에 애착을 가지게 되어 열심히 수련을 할 거라는 뜻이었다.

의도는 나쁘지 않았다. 하지만 문제는 반악이 그런 것에 신경 쓰는 사람이 아니라는데 있었다.

"싫소."

"예? 하지만……."

"난 그런 어린애 같은 짓은 하지 않소."

반악이 단호하게 거절을 하자 공추걸의 표정이 굳어졌다.

"반 소협은 아이들의 의지를 북돋는 것을 어린애 같은 짓이
라 생각하는 겁니까?"

"의지란 건 남이 등을 떠민다고 올라가는 게 아니오. 난 성
장할 아이는 다그치지 않아도 알아서 성장할 거라 생각하오."

"묵 소저의 말대로군요."

이번엔 반악의 표정이 굳어졌다.

"그게 무슨 말이오?"

공추걸은 대꾸하지 않고 웃기만 했다.

반악의 기분을 나쁘게 만드는 묘한 웃음이었다.

도대체 묵담향이 무슨 말을 했기에 공추걸이 저리 웃는 것
일까?

"반 소협."

이때 사람들을 헤치고 묵담향이 나타났다.

"절 따라 오세요."

"무슨 일이오?"

기분이 좋지 않은 반악의 말투는 퉁명스러웠다.

하지만 묵담향은 그런 반응에 전혀 개의치 않아 했다.

"따라오면 알 거예요."

반악은 묵담향의 표정이 꽤 심각했기에 곧 그녀를 따라 동굴 밖으로 나갔다.

"어디로 가는 거요?"

묵담향은 뒤도 돌아보지 않고 대답했다.

"당주님께요."

"무슨 일로?"

"팔공산에 침투해 있던 당원이 중요한 정보를 가지고 돌아왔어요."

묵담향은 잠시 한 호흡을 쉬고 말을 이었다.

"적룡대가 남하하고 있데요. 아직 확실한 건 아니지만, 려강 쪽으로 가는 거 같아요."

반악은 그 말을 듣자마자 경공을 펼쳐 당주의 거처가 있는 곳으로 달려갔다.

〈7권에서 계속〉

DUSK HOWLER

더스크 하울러

태선 게임 판타지 소설
GAME FANTASY STORY

『다이너마이트』, 『타나토스』의 작가 태선의 신작!
소심한 성격을 극복하기 위해 밸런스 막장으로
소문난 게임 '트리키아'에 뛰어들었다!

마법사라면 쳐맞아도 주문은 외워야 산다!

어떤 상황에서도 주문을 외는 강철 주둥이.
인간 종족의 이단아가 되어 암흑 진영을 지배한다!

★
dream
books
드림북스

이환 판타지 장편소설

FANTASYSTORY & ADVENTURE

숲의종족
클로네

『은빛마계왕』, 『정령왕 엘퀴네스』의 작가!
이환이 그려간 신비로운 숲의 종족 클로네!

태곳적부터 이어온 클로네와 마물족 간의 대결.
그리고 그에 얽힌 세계의 종말에 관한 비밀!

세계를 구하려면 클로네의 비밀을 찾아야 한다.
운명의 아이, 세이가 그 끝 모를 모험에 뛰어든다!

dream
books
드림북스

Hell Drive

헬드라이브

엽사 판타지 장편소설

FANTASY STORY & ADVENTURE

『능력복제술사COPY』, 『소울 드라이브』의 작가!
엽사 판타지 장편소설

세상의 모든 불길을
다스리는 화염의 지배자!

그를 분노케 하지 말라!
그가 눈을 뜨면 지옥의 문이 열린다!

dream
books
드림북스